W0400547

RITHY PANH
CHRISTOPHE BATAILLE

QUARTIER DES FANTÔMES

BERNARD GRASSET
PARIS

Illustration de la bande : © Mang/Panh.

ISBN 978-2-246-84530-0

Avant la guerre, le Cambodge était un pays indépendant et neutre de 7,7 millions d'habitants.

1970 : coup d'État contre le prince Sihanouk.
Extension de la guerre du Vietnam, bombardements américains, guerre civile, 600 000 morts.

17 avril 1975 : victoire des Khmers rouges.
Populations déplacées, habitants chassés des villes.
Écoles fermées, monnaie abolie, religions interdites.
Camps de travail forcé, famine, terreur, exécutions.
Un crime contre l'humanité : 2 millions de morts.

Un soir, je retourne au centre S21. C'est un rendez-vous, un rendez-vous que nul ne m'a proposé parmi les vivants. Je m'assieds sur un banc, au pied du bâtiment principal, et j'attends. Devant moi, l'ancienne école jaunie aux volets bleu clair. Je scrute ces murs que je connais si bien, où je suis venu filmer, des nuits entières, il y a vingt ans. Les trois étages en ciment, où l'on imagine autrefois tant d'élèves qui apprennent, répètent, récitent face au tableau, mais aussi jouent et rient de classe en classe. Puis les barbelés tordus, épais, le long des coursives. À chaque porte, une cloche ou un grelot. Partout des panneaux : il est demandé de toujours fermer cette porte. Et la lumière blanche qui tombe maintenant sur la façade. Oui, même une école peut devenir un centre de détention et de mort. Surtout une école, s'il faut transformer les êtres radicalement, s'il faut qu'ils consignent leurs vies et qu'ils s'inventent des crimes, électrocutés, frappés, étouffés, noyés, et surtout s'ils doivent mourir : qui entre à S21 est déjà mort. Il reste à souffrir, simplement. L'aveu donne raison à la révolution, qui rend justice dans sa terrible puissance.

Ici, c'était la coopérative de la tuerie : la zone interdite. Un quartier d'un kilomètre carré. Des soldats en armes patrouillent dans les rues vides, longent des maisons à l'abandon, des potagers. Silence total.

Les surveillants marchent jour et nuit dans les coursives du bâtiment principal. Il y a beaucoup d'activité : l'eau, la nourriture, les excréments, le linge, les registres, les entrées, les sorties. C'est un rythme. C'est un monde affreusement organisé – dirigé vers la mort, mais avec ses événements, sa routine. Une forme de quotidien parachevé.

Prak Khan, un des tortionnaires, a sa maison tout près, avec un cocotier et un goyavier. Il fouette ses victimes avec ces branches, ou bien il utilise des objets trouvés en chemin. Dans le monde entièrement autonome qu'est S21, on sait qu'il a de la bière, et qu'il sort du camp avec ses amis pour chercher ce dont il a besoin dans les magasins abandonnés.

Au camp, il essaie de nouvelles méthodes. Un jour, un des bourreaux sans nom plaque du ciment frais sur le visage d'un homme, et attend qu'il sèche. Ce n'est pas conforme aux règles de torture : Kaing Guek Eav dit Duch, le directeur de S21, est furieux. Ici, rien ne doit échapper à l'Angkar. L'Angkar, c'est l'organisation, c'est le parti. Et à S21, Duch est le parti.

Une expérience anatomique est menée : la femme d'un ancien haut fonctionnaire est disséquée vivante. Duch prétend avoir interdit ces expériences.

Si un supplicié meurt, son corps est sorti dans la coursive. Il sera emporté à la nuit tombée. Tout le monde blesse, tue. Même le chauffeur du camion tue. Même le moteur du camion dissimule les cris, le coup d'essieu qui brise la nuque, puis l'égorgement.

J'ai déposé mes offrandes devant le petit autel : des bananes courtes au pied du bouddha, entre les fanions brodés, les grelots et les bougies dont la cire semble remonter, doucement liquide et protectrice. Je brûle de l'encens : trois bâtonnets rougis dans la nuit bruyante, les voitures filent derrière les banyans et les barbelés, et j'entends aussi Phnom Penh, des rires, la radio, des couples qui dînent dans la poussière et la vie.

Je n'ai pas pris grand-chose. Un carnet, un crayon. Un enregistreur. Derrière moi, ces murs qui étaient autrefois des plaques de métal ondulé. Tout autour, de la tôle, des tiges, des barbelés en rouleaux. C'est une école devenue un centre de torture, et si j'ose dire un centre de torture modèle (« instrument pur du parti »), sous la direction de Duch, ancien professeur de collège, et aujourd'hui un mémorial historique, visité tout le jour. Mais il y a un monde sous-jacent. Il communique avec nous au sein du réel. Il projette sa douleur fossile, sa puissance, comme une étoile ancienne dont l'explosion ne cesse de nous atteindre. Venir ici est une blessure consciente, volontaire. Certains pleurent à découvrir le destin des prisonniers et les méthodes des bourreaux. D'autres sentent ce rayonnement, cette charge d'antimatière, et s'écartent du lieu.

Peut-être qu'au deuxième étage, une salle de classe pourrait être aménagée maintenant. Les visiteurs du mémorial reverraient ainsi l'ancienne école, pas seulement les lits de fer et le carrelage bicolore taché de sang. Chacun s'installerait à un pupitre, sans vidéo, sans écran ni tentation, sans l'appel du monde, dans le silence. Et écrirait un texte. Un mot. Un poème. Des sensations. Un appel. Un récit. Non pas un des aveux mensongers arrachés aux femmes et aux hommes enchaînés ici, torturés dans la rue voisine, avant d'être reconnus coupables, la nuque brisée puis égorgés, à quelques kilomètres. Non, chacun donnerait une confession vraie. Un contre-récit, dont la charge même infinitésimale nous rendrait dignité. Et ne me demandez pas l'utilité, je ne sais pas ce que c'est.

Plus tard, la ville se retire. Elle s'efface, un peu. Moins de motos, de klaxons, moins d'éclats. Le restaurant tout proche a coupé la musique, ou bien était-ce un karaoké ? On n'entend plus que les assiettes et les verres, bientôt propres. L'ombre gagne. Quand je filmais, en 2000, tout était silencieux. La ville était loin, comme si le lieu portait encore une charge déplaisante, ou maléfique. Et de 1975 à 1979, Phnom Penh était déserte, à l'exception du centre de pouvoir et de ce quartier de mort : la politique et l'extermination rassemblées dans le vide.

Un gardien approche, avec son téléphone dans un étui à sa ceinture, et son trousseau de clefs. Il est ici depuis 1985. Je vous reconnais, me lance-t-il à voix basse. Les caméras pour votre film, le peintre Vann Nath et ses toiles. Je me souviens : vous veniez toutes les nuits. Souvent seul. Il soupire. Alors, vous venez encore... Mais sans caméra. J'en profite : Et vous dormez comment ici ? Nous, les gardiens, on dort bien. Pas si mal. Enfin... sauf dans la pièce, là-bas. Il montre un vaste local, à l'opposé de la cour, contre la rue, aux ouvertures couvertes par deux grandes nattes. Je sais qu'ici était entreposé et lavé le matériel de torture. Menottes, chaînes, cisailles, tournevis, barres pour attacher les prisonniers, seuls ou par groupe – aux pieds, au sol, au plafond, au-dessus d'une jarre emplie d'eau. Avec parfois, au milieu d'une barre, un torturé en sang, une main qui pourrit, un mort qu'on laisse là.

Le gardien me glisse : La nuit, dans la pièce vide, j'entends le métal, les chaînes, les menottes, elles tapent, elles cognent. Et je ne suis pas le seul, croyez-moi, c'est tous les gardiens, nous tous on entend. Mais on fait comme si on n'entendait rien. C'est la méthode : fermer les yeux et attendre le matin.

Une amie m'a donné un petit bouddha : « Il est vivant. Il a été transmis d'une génération à l'autre. De main en main. Il te protégera. » Usé par les siècles, il a été trouvé près d'Angkor, dans un trou de glaise et d'eau. C'est un trésor de bronze. Je le frotte doucement avec mon pouce. Enroulé dans un mouchoir, il tient la mort à distance, même si je n'y crois pas. Je garde les yeux ouverts et je n'ai jamais peur.

Impossible de venir ici sans penser aux âmes. Ici ? Une ville en soi, dans la ville. Bien sûr, ce n'est plus le quartier qu'était S21 à l'époque, avec la maison de son directeur et organisateur, Duch ; les bâtiments administratifs où tout était listé, consigné, copié, archivé (plus de 700 000 pages) – que j'appelle la « rue des archives » ; les maisons des tortionnaires et des

« médecins » ; la cantine, en particulier pour le personnel du Centre ; les potagers, puisque la révolution agraire pénètre au cœur de la ville capitaliste ; les lieux pour les photographes et le développement des images ; la communication téléphonique cryptée ; les armes ; et l'organisation des transports vers Choeung Ek, le champ d'exécution, à quelques kilomètres dans la campagne. Jusqu'au nettoyage des menottes trempées de sang et de terre, une fois rapportées au camp.

Aujourd'hui, il reste le corps central, quatre bâtiments, un bureau au centre – mais rien du complexe dans son ensemble. Barthes écrit que la terreur « joint d'un seul trait la réalité des actes et l'idéalité des fins ».

En même temps, où suis-je ce soir ? Au centre de récit et de mort, c'est certain, le lieu central qui emporte l'école et le musée. Et donc je pense aux âmes des enfants, des femmes et des hommes conduits ici. Camarade ! Tu vas à l'étude. Ou : L'Angkar veut te voir. Ou : Viens réparer une digue. Monte. Et 300 kilomètres de camion, à travers la campagne brûlante. Sans savoir ni où ni comment. Ni avec qui. Sans parler à personne. Toi, monte ! Oui, toi, avec ton enfant. Ou bien laisse-le. En route vers le centre de Phnom Penh, jusqu'à un ancien bâtiment administratif. Là, d'autres soldats prennent le relais, sans un mot pour ceux qui descendent bientôt devant la porte du quartier spécial. Là, dans un silence absolu, une équipe ouvre et fait entrer les enchaînés ; les soldats restent strictement à l'extérieur, peut-être ont-ils même un geste de recul. Les jeunes bourreaux vivent eux aussi dans le centre de récit et de mort. À leur façon, devant ma caméra, certains d'entre eux participeront à établir la vérité.

Les âmes nous frôlent, hésitent, sans doute d'être si mal connues ou aimées. De n'être pas libérées vers un meilleur destin. À minuit, je jette ma cigarette et monte avec Christophe au premier étage que je redoute, celui où les cellules individuelles sont en bois, non pas en brique comme au premier étage. Un bois noir, très haut, qui masque toute lune, tout fragment de lumière. J'entre et reste figé. Cette palissade dressée, épaisse, puis-je même l'approcher ?

Ensemble nous posons une main. Matière végétale, en théorie vivante mais ici tout semble d'os noirci. Ce bois poreux a reçu les cris, les coups et les heurts, il a pris les larmes, le sang. Toutes ces nuits de gémissements après la torture, de bouches souillées par les excréments, d'ongles perforés, elles sont là, palpables, irradiantes. Toutes ces nuits interrompues par les innocents, les yeux bandés encore, fixés au sol par les chaînes et la terreur.

Je continue dans le couloir, j'entre dans une cellule. Elle a la taille d'un cercueil. Christophe pose son enregistreur sur le carrelage taché, non loin de la boîte à excréments (des caisses de munitions américaines), et il sort. Nous ne bougeons pas. Nous ne respirons plus. Il revient après quarante secondes. Demain nous écouterons ensemble.

Je marche dans la coursive, derrière les barbelés qui enserrent les piliers et empêchent de sauter : certains sont rouillés, il faut écarter ses mains ; d'autres semblent récents, ils brillent comme s'il fallait s'assurer que la machine de mort ne vieillit pas, ne risque pas de disparaître. On entretient S21 : c'est un pacte sans doute nécessaire, que cette école devenue centre de torture soit à jamais un musée – maintenu dans son état, identique, prêt à servir. Que tout visiteur sorte secoué dans sa visite au temps d'autrefois. J'ai parfois imaginé un abandon du lieu – sans doute une idée choquante pour certains. Que ces murs tombent peu à peu en ruine, emportant parois, carrelages, volets, ossements – et que ce retour à la poussière, au cœur de la ville, soit notre travail de connaissance et de méditation. Tel serait le cycle : d'une école à un camp, d'un camp à un lieu – ni musée, ni stèle, mais un espace protégé, en voie d'effondrement, rendu non pas à la nature, mais à la lente et douce destruction. Peut-être un écho au destin des temples, repris par l'eau, par les racines et les lianes.

Phnom Penh nous éclaire et semble gagner sur nous : les tours en chantier, au loin, les hôtels internationaux, l'avion qui passe, toute cette vie qui a retrouvé sa place, et pris peu à peu sur le quartier maudit. On parle moins comme il y a dix ans des voix d'enfants, la nuit, de hurlements des suppliciés, de rencontres grises et flottantes.

Avant de descendre, je me retourne, et un instant, je crois voir cette femme dont le dossier figure dans les archives de S21. Elle fut violée par un garde. Et elle qui avait gardé en secret son krama, son foulard traditionnel, monta sur le parapet et se pendit. Duch fut furieux : cette torture n'était pas conforme aux méthodes autorisées, qu'il enseignait à ses hommes avec application et fierté. Une autre prisonnière se jeta du premier étage. On couvrit la façade de barbelés. Je prends le grand escalier, comme autrefois les élèves. Repousser l'ombre est difficile.

Il y a un an, une jeune femme vient travailler au musée S21. Elle ne connaît pas encore les photos des suppliciés, désormais célèbres, dans leur puissance apparemment répétitive et funèbre. Elle n'a pas visité la pièce où sont exposées ces photos, et où il faut prendre son temps, s'approcher, regarder chaque image et chaque être – questionner un signe, une blessure, comprendre le contexte, ce qui est hors du cadre mais existe, travaille, blesse et contraint. Parfois une posture légèrement décalée, un regard fixe nous disent la douleur, la solitude, la résistance, qui traversent le temps jusqu'à nous. Je lutte contre l'effet de nombre, ces centaines de visages rassemblés dans la mort, ou pire, dans une sorte de figuration esthétique : l'image sans être. J'essaie d'aller vers l'unicité.

Arrivée un peu tôt pour son premier matin de travail, la jeune fille attend dans la cour, au pied du bâtiment principal. Une femme tout en noir s'approche, les traits graves, contourne les barres fixes au-dessus des jarres immenses. Elle tient un bébé contre elle, un peu ébouriffé, dont la petite main cherche dans les tissus. Elle marche vers la jeune fille et ne semble pas entendre la rue, les cris joyeux, les livreurs. La femme se tient désormais à quelques mètres et s'arrête, comme si elle attendait un geste, une parole, avec son beau visage un peu fermé.

La jeune fille hésite : soudain, il n'y a plus personne.

Le lendemain, elle découvre sur les portraits du musée la femme qu'elle a croisée la veille, entrée au camp S21 le 14 mai 1978, avec son enfant, et morts tous deux il y a si longtemps. Une image célèbre, est-ce pour ce bébé et sa mère, perdus ici, égarés ? Est-ce l'épuisement sur leurs visages ? Les morts passent et nous frôlent, ils nous saluent. Leur silence ne pèse pas, il est comme un sceau, une attente, un rendez-vous qu'il faut accepter.

Et puis il y a les mauvais rêves – peut-être une forme de l'angoisse faussement contenue. Une fin de journée, Christophe et moi découvrons ensemble, près du premier grand local vide, une très grosse mygale, noire et hésitante, une patte soulevée – pas comme celles qu'on trouve sur la route d'Angkor, cuites dans l'huile, et croquées avec du sel et du piment. Geste de recul. Cette araignée se présente-t-elle dans notre rêve ? Nous rions, et nous nous moquons l'un de l'autre. Il n'y a pas d'araignée. Il n'y a pas de signe.

Le son est peut-être plus difficile à percevoir, je n'ose dire à imaginer, sous le régime khmer rouge. Pendant quatre ans, la capitale est dans le silence : en quelques heures, deux millions d'habitants sont sur les routes, malades, vieillards, enfants, tous. On le sait des rares images tournées trois ans plus tard : assiettes sales, verres asséchés, fenêtres ouvertes, robinets sans eau, feux rouges éteints, panneaux de circulation peints en blanc. Vie arrêtée. Disparition des signes. Il y a des animaux errants, le chant des oiseaux, et tout autour de S21, la campagne épaisse et noire. Parfois une moto passe. Ou une Mercedes en route vers le Centre – où vivent et travaillent les dirigeants. Toute matière est à la fois préservée et anéantie. C'est sans importance, puisque la ville était mauvaise : capitaliste et corrompue. Qu'elle reste dans cet état – pas même rasée, comme un vestige inintéressant.

Peut-on imaginer le son d'un tel camp au cœur du vide ? Traverse-t-il le temps lui aussi, en ondes blessantes ? Certainement, depuis les maisons alentour, les hurlements des suppliciés. Quand une femme comprend, les yeux bandés, les bras et les jambes attachés au lit de métal, que c'est tout son sang qu'on lui prend, et que c'est la fin. Dans quelques secondes. Son sang de femme vierge semble pur à Duch, il servira à soigner un responsable du régime. Quand une mère découvre que son bébé a été emporté vers les mares, et que le bourreau Ho revient seul. Quand un jeune homme a la bouche remplie de ses propres excréments, afin que cette même bouche reconnaisse sa trahison. Et établisse une liste d'autres traîtres, amis, proches, voisins, des noms, des noms, des noms !, qui seront conduits ici à leur tour.

Les haut-parleurs diffusent la radio du pays, un flot martial de slogans et d'hymnes, parfois de discours : est-ce pour dissimuler la peur et les cris ? Pour convertir les prisonniers ? Ou bien les rassurer sur la normalité de la situation ? La vie révolutionnaire et la vérité officielle sont présentes jusqu'à la mort.

S21 avait aussi sa propre radio, confirme Duch. Qui peut ou qui doit ici être encore convaincu ? Les prisonniers, pour que cette parole politique accompagne leurs aveux ? Les gardiens, afin qu'ils ne flanchent jamais ? Ou bien tout citoyen, comme je l'ai été moi aussi sur les chantiers ou dans les fosses, jamais distrait de sa terrible tâche, mais empli et creusé par la répétition ? Tout plutôt que le silence. La voix de la révolution, puissante jusqu'au vide, apaise ceux qui bientôt ne seront plus.

Plus tard, est-ce le soir, le matin, nous dînons tous les deux sur le trottoir : un restaurant de rue ouvert à toute heure, frôlé par les couples à moto, les camions, la vie. Christophe pose son enregistreur sur la table en plastique, entre le soja, le citron vert et la saumure. Nous écoutons enfin. Je n'entends rien mais je vois qu'il se fige. Nous réécoutons, collés à la table. Un long grésillement de nuit, mi-silence, mi-néon, avec le bois qui craque et grince, régulièrement. Comme un pas. Comme un corps contre la paroi. Nous écoutons, encore. Ces quarante secondes, c'est le son dans une cellule du camp. C'est un mort qui passe et nous fait signe.

Pendant le tournage de mon film *S21, la machine de mort khmère rouge*, je me souviens que personne ne voulait monter au deuxième étage pour éteindre la lumière. Malgré les torches et les néons. Ce n'était pas la peur, car nous n'avions pas peur, et pas plus ce soir à découvrir ces bruits que nous n'avions pas perçus. Ainsi qu'il est consigné dans un cahier d'école, lors du séminaire de juillet-août 1976 (que j'appelle le « Cahier noir », et son nom exact : « Listes statistiques du Santebal S21, Politique / idéologie / organisation ») : « Il faut casser le prisonnier pour qu'il ait peur et soit terrorisé. On ne le fait pas par une haine individuelle destinée à calmer ses nerfs, on le frappe pour qu'il ait peur mais il ne faut absolument pas qu'il meure. Pendant la torture, il faut d'abord examiner son état de santé, il faut vérifier l'état des bâtons. N'ayez pas l'avidité d'aller trop vite, ce qui conduit à la mort et par conséquent nous fait perdre la documentation et va à l'encontre de nos intérêts. »

Aujourd'hui encore, j'hésite à entrer dans chaque cellule. La mort a pénétré les briques, le carrelage. Même le lit de métal semble intouchable. Marcher ici, c'est traverser une matière invisible et pourtant épaisse, je n'ose dire poisseuse. La lumière n'y change rien. C'est comme si la chair blessée avait tout ravagé, tout emporté. Comme si la souffrance avait sali, imprégné jusqu'au métal.

On a découvert récemment un film tourné par l'armée vietnamienne entrant dans S21, au début de l'année 1979. Les images sont parfois floues : c'est après la fuite des derniers Khmers rouges. On reconnaît tout de suite l'ancien collège. On reconnaît chaque pièce, chaque détail, jusqu'à une cassette TDK et aussi une bobine de son 6.25, puisque les aveux étaient enregistrés.

Le cameraman hésite : il écarte les volets du rez-de-chaussée. Il reste sur le seuil et filme, à trois mètres, sur un lit de métal, un corps horriblement gonflé et tordu. Ligoté. Il approche, à peine. La bouche est écartelée. La chair noircie, comme carbonisée. Sans doute un homme, mais impossible à dire. Au-dessus des jambes, irréelle, une table de bois, avec un stylo, du papier. Des confessions volent dans la pièce. Partout les boîtes à excréments. Les clefs de cellule, par dizaines sur un tableau de bois. D'autres corps, plus loin. Égorgés. Sont-ils humains, ces membres tordus dans des positions impossibles ? Par terre, un tournevis. Un couteau. Une barre de métal contre le carrelage. On devine la pourriture et le sang. Le soldat nous laisse ces images hideuses, il filme avec un étrange mouvement – comme s'il hésitait, comme s'il n'osait pas approcher. Comme si la matière le menaçait, lui aussi. Et l'odeur qui est dans l'image.

Je regarde le film dix fois. J'analyse chaque plan. Je me demande qui tourne, et avec quel matériel. Est-ce le même instant de la même journée ? Y a-t-il un montage, et si oui, quel est son objectif ? C'est une longue prise caméra à la main, qui montre l'horreur mais aussi l'énigme d'être là, vivant. D'être entré sans savoir qu'il y avait ce spectacle affreux, cette hallucination vraie. Un tableau de mort qui nie tout espoir de révolution. Ou bien est-ce la vérité qui blesse l'histoire ?

Des images de propagande, diront certains ? Au sens qu'elles sont filmées par des soldats étrangers, ou par des cameramen au service de l'armée. Je ne sais pas qui prend ces images ; je suis surpris de leur non-diffusion jusqu'à aujourd'hui ; peut-être même certains arrangements ont-ils été effectués dans ces pièces, par exemple la machine à écrire, qui symbolise l'aveu, a été déplacée. Mais passé ces précautions, il y a dans ce cadre, dans ces murs, une simplicité morbide et silencieuse, une fluidité de cinéma-vérité. On comprend aussi qu'il faut aller vite, car les corps pourrissent depuis des heures et des jours. Bientôt ils seront détachés, et enterrés au pied du bâtiment.

Et je pense au jeune soldat vietnamien, un foulard sur le visage, qui filme sous le soleil et l'ombre, et qui après quelques minutes tombe et vomit sur les marches où nous nous tenons. Personne ne sait. Mais chacun comprend que même une école au carrelage blanc et ocre, même un tableau noir ou de grands volumes ouverts sur le ciel, même des murs jaunis gravés par une main hésitante, même un cahier d'école couvert d'écritures peuvent conduire à un camp d'extermination.

Dans le Cahier noir (« Listes statistiques du Santebal S21, Politique / idéologie / organisation », juillet-août 1976) : « Il faut préparer [le prisonnier] à écrire les scènes de la vie de trahison et quand on lit, on doit visualiser un récit qui s'enchaîne bien, qui sonne bien à l'oreille et qui soit très réaliste. »

Plus loin : « Exemple : Un prisonnier de chez nous a déjà avoué beaucoup mais quand il a avalé un clou, le parti a appelé un médecin pour qu'il vienne l'opérer chez nous. On a dépensé la force de deux médecins pour le surveiller en permanence, utilisé des bons médicaments pour le soigner. Or la situation aujourd'hui : notre parti est pauvre mais le parti a besoin du secret qui est dans son corps. »

À passer du temps dans le monde de S21, dans cette zone étouffante et opaque, ces images me travaillent. Je ne sais pas si elles sont une preuve en soi – mais dans la connaissance générale du lieu que nous avons, elles sont malheureusement hideuses, logiques et exactes. J'insiste sur ces trois adjectifs. Ce petit film est incroyable, et même un instantané au sens photographique, car jamais S21 ne fut observé ainsi, et jamais S21 ne fut saisi ainsi. Ceux qui regardaient ou ont pu regarder allaient mourir ; ou bien ils exécutaient.

Ce quotidien « destitué » (nous demandons cette formule au philosophe Jean-Luc Marion), seul le peintre Vann Nath a pu le rendre par la suite. D'avoir dessiné et sculpté des centaines de bustes du Frère numéro 1, Pol Pot, il a pu voir au cœur du camp. Voir pour nous. Il a peint au service du régime, il a peint la parole et les visages officiels. Puis, ayant survécu, il a peint ce qu'il avait connu dans la plus grande noirceur, devenant le témoin, le révélateur et comme l'archiviste du crime.

J'ai rendez-vous avec une famille de hiboux. Elle était là pendant le tournage de *S21, la machine de mort khmère rouge*. La nuit, je faisais venir un des tortionnaires, qui acceptait de raconter devant la caméra, et un des rares survivants – souvent Vann Nath, qui participait et m'aidait. Sous les néons, je questionnais à mon tour les gardes. Je leur demandais de refaire les gestes, pour les analyser et comprendre. Pour déceler la mémoire du corps. Et ils replongeaient dans la violence et les cris, comme si ce quotidien de mort ne les avait jamais quittés.

Un soir, il ne se passait rien, je me souviens, était-ce Houy, avec ses mains carrées ? Il me fixait sans rien dire, l'air absent. Soudain j'ai vu que quatre hiboux s'étaient posés sur une branche, tout près du bâtiment, au niveau du deuxième étage. On aurait dit des fétiches. Deux semblaient les parents, immobiles et épais, avec leurs grands yeux baissés vers nous, et des plumes beiges tachées de blanc. Ils encadraient deux hiboux plus petits, aux yeux rougis.

Je les ai montrés du doigt en criant, mais tous les avaient vus déjà : Mésar, le cameraman, dont le père était instituteur ; Vissal, le preneur de son, dont le père, instituteur aussi, avait été emmené par les Khmers rouges ; Vann Nath et bien sûr Houy. Regarde, regarde cette famille. Tu ne dis rien, tu ne reconnais rien, alors ils sont venus pour toi, les esprits. Ils ont quitté le ciel ou la forêt. Ils ont quitté les champs de la mort où tu les as laissés. Et ils attendent. Ils t'écoutent. Libère-toi et raconte ! Libère-les !

J'ose à peine l'écrire ainsi, mais c'est vrai. Toute l'équipe fixait ces hiboux, l'éclairagiste, le preneur de son, les assistants – seul le tortionnaire regardait par terre. Nous étions terrifiés. Ces grands yeux vides et peut-être innocents posés sur nous, au bord des barbelés.

Ce sont les âmes qui se présentent, j'ai repris. Elles viennent dans ta nuit, alors parle ! Tu n'as plus le choix, tu sais bien. Quelqu'un avait préparé la caméra, le son, mais personne n'a pensé à filmer. On était ailleurs, dans un autre temps. Plus tard, il devait être quatre heures du matin, les hiboux se sont envolés.

Aujourd'hui, je reviens pour cette famille. Allongé sur le banc, devant l'entrée des élèves, j'attends. Je regarde dans les arbres. Une chauve-souris passe, furtive. Un souffle chaud et léger trouble le feuillage. Est-ce trop tôt, avec la ville qui pétarade encore ? Les hiboux ont-ils trouvé d'autres lieux plus tranquilles ?

Je marche un peu plus loin. Si je m'éloigne en silence, ils gagneront leur branche, comme il y a vingt ans. Et je pourrai observer leurs grands yeux qui me semblent doux, maintenant. Mais non, rien. Ou ils savent que j'ai moins besoin d'eux. Houy a parlé. Hor a parlé. Vann Nath est mort. Et je n'ai pas rêvé : toute l'équipe du film se souvient des hiboux. Les esprits aussi s'allègent, et c'est ainsi que mon rendez-vous s'accomplit.

Les oiseaux de nuit ont connu un autre destin sous les Khmers rouges. À force d'idéologie et de haine, les nouveaux maîtres ont fini par avoir peur de tout – et d'eux-mêmes. Peur de leur propre fantôme. Si l'ennemi de l'intérieur est partout, n'est-il pas d'abord en moi ? N'est-il pas moi ? Et si je suis désormais un être sans nom, un citoyen sans visage, l'instrument de la révolution ou un volatile épuisé, qui suis-je ? Comme l'explique Duch : « À S21, c'est la fin. Plus la peine de prier, ce sont déjà des cadavres. Sont-ils hommes ou animaux ? C'est une autre histoire. »

On a dit alors que les oiseaux de nuit s'étaient multipliés. Qu'on les entendait plus qu'avant. Toute la nuit même, et de champs en champs, jusqu'aux villages et aux forêts. Étaient-ce des oiseaux, ou bien des traîtres prêts à mettre à bas la révolution ? Étaient-ce des chants, ou bien des appels, des codes, des mots de passe ? Très vite, des arrestations ont eu lieu – des hommes ont été exécutés en nombre, à S21. Et les oiseaux se sont tus. Avec la mort renaît la vérité.

Maintenant je monte les escaliers de ciment, sous les néons blancs. Je frôle les parois et tout me semble sale, je n'osais pas écrire ce mot jusqu'ici, et même collant, comme si les murs étaient imprégnés d'une matière vivante, poussière, os, salive, sueur, insectes écrasés. Ce n'est pas un enduit, c'est une transformation profonde. Les éléments se mêlent, entrent dans une dimension physique nouvelle, vive et morte en même temps. Je passe mes mains. Ça colle. C'est vrai des cellules en bois, et bien sûr des graffitis des suppliciés. C'est vrai des briques aussi, et du lit en métal. C'est vrai aussi de cette cage d'escalier large et oppressante.

Je pense aux élèves qui rient et cavalent entre deux cours, sac sur l'épaule. Ou à celui-ci qui prépare son exposé et s'inquiète. Je vois un professeur qui rentre, cartable chargé de copies, et je pense à mon père, bien sûr, dont ce fut le métier, la passion – avant de devenir, pour les Khmers rouges, un crime. J'écoute les bruits de l'école autrefois, récitations, appels, jeux, rires, cloches – qui devaient faire fuir les hiboux aussi, mais différemment.

Et je pense aux détenus qui sont montés ici par centaines, les yeux bandés, attachés, trébuchants. On ne peut pas retourner entièrement dans un tel lieu. En un bloc. Entrer ici est un éclatement, un épuisement de l'être.

Puisque nous sommes seuls ou presque, je refuse les lumières d'aujourd'hui, blanches et fixes. Ce ne sont pas les néons d'alors, qui grésillaient, jaunes et noirs. Je monte et il me semble avec Christophe que les marches se creusent peu à peu dans leur milieu. Comme si elles étaient usées par des milliers de pas, de piétinements, de bonds, impossible à dire. Nous continuons en silence et c'est un effort physique, comme si le corps était happé vers l'arrière, dans un vertige inquiétant. Ce ne sont pas les marches en ciment, bien droites et nettes. Christophe se met à genoux et, avec une torche, vérifie : sa main passe sur le bord usé. Nous reprenons. Arrivés au premier étage, nous sentons la même fatigue. Comme d'être tirés vers l'arrière. Le ciment ne se dérobe pas, ne s'enfonce pas. Ce sont ces êtres qu'il faut écarter, leurs bras, leurs mains, leurs corps ployés qui ont passé là aussi et ils y sont encore, dans l'attente, la peur, l'incompréhension. À croire qu'ils nous attendaient et nous retiennent. Bien sûr, c'est une sensation d'angoisse : traverser, refendre. Tout est parfaitement vrai quand on affronte la nuit absolue. Mais il n'y a pas de nuit à S21.

Ce peuple invisible murmure, gémit, hésite dans le sommeil. Il nous attend ici, et peut-être nous appelle. Ces morts, je ne les mêle pas dans un flot chiffré et sanglant – ce serait être encore sous l'emprise totalitaire, dont l'axiome était clair : détruire nos ennemis, puis effacer jusqu'à la destruction. Qu'il ne reste rien, pas même l'effacement. Un absolu hors du monde humain.

Chaque être ici a son destin et ne peut être confondu. Chaque être a son visage et son nom sur des registres, oui, mais il laisse des mots distincts, une existence détaillée. Et des mains. Parfois ces mains sur ces murs racontent. Osent. Se moquent. S'adressent à nous. Il y a des graffitis partout dans ces étages et ces geôles – plus de mille ont été officiellement répertoriés et transcrits. Graffiti : est-ce le bon mot ? J'aime sa simplicité vivante, cette « éraflure » dans le plâtre de l'histoire.

Moi aussi, je frôle ces signes à distance. C'est l'éternelle histoire des traces, des images ou des mains inconnues. Ou des peintures dans les grottes, qu'on croit reconnaître mais qui ne livrent rien. Peut-être nous sont-elles données ? Peut-être la gazelle traquée a-t-elle simplement vécu jusqu'à nous, dans l'intention du peintre et témoin ?

À S21, il faut imaginer la main qui a trouvé et caché une pierre, un petit bout de métal ou de bois, dans les couloirs, par terre, sur le chemin des salles de torture, il faut imaginer l'ongle qui, dans la nuit, laisse une trace sur le mur. À tout prix. Question de vie. Un geste adressé aux meilleurs temps futurs ?

Cette main de femme ou d'homme est sans doute sale, épuisée, peut-être blessée, et je ne connais ni son nom, ni son corps, ni son esprit – pourtant, dans la souffrance, elle s'applique. Les signes sont à la fois nets et imperceptibles. Il faut se baisser et chercher pour voir. Ou plutôt deviner un signe sur la paroi, signature, adresse, poème. Dessin. Code. Parfois, ce sont trois camions. Parfois une faucille et un marteau. Ou bien deux boxeurs. Même un slogan khmer rouge. Aimé ? Détourné ? Trahi ? Beaucoup de suppliciés qui comptent les jours, avec de petits carrés, peut-être jusqu'à leur rêve de libération ? Un jour, dix, vingt, en petits carrés profonds. Je compte jusqu'à trente jours, puis plus rien.

Et il y a les mots, ou des noms : j'en recopie quelques-uns, sans commenter.

SIM KETH
615177
chanteur tué sous les Khmers rouges

Maintenant l'aîné je voudrais te dire au revoir
Tu peux rester moi je vais partir
Si tu restes trouve la paix

Les souvenirs de la victoire de la révolution
c'est d'être emprisonné

ma chérie ma petite sœur
je voudrais te dire au revoir

Les salauds qui vont mourir demain

Au revoir cette révolution
Camarade Chat
Emprisonnée le 1/8/77
Séparé par la force de mari + enfant
Comme un oiseau qui a perdu son nid

Je pense à ce que dit l'historien Patrick Boucheron sur l'apocalypse et ses représentations dans les volumes médiévaux enluminés : « Il faut partir des images pour comprendre la fin des temps, en tirer des mots, puis revenir ensuite à une image qui soit autre. »

Au quartier des fantômes, le peuple est invisible. Il est enclos, mourant, mais il murmure encore dans ces éraflures.

Il faut être absolument silencieux.
Attention à toi.
Ne sois pas libre.

J'écarte ma main, comme brûlée par ces signes. Il n'y a pas d'anonymat.

Nous sortons dans la rue prendre un café. Échapper un peu. Partout, des voitures, des téléphones, des jeunes qui parlent, une petite fille et sa mère. Un couple se frôle. La vie a gagné, et la lumière. Je me demande ce que pensent tous ces voisins du célèbre musée, qui fut un camp, qui fut une école. Je me demande s'ils vivent librement, ou si parfois, un son les trouble et divise tout. Un grincement, un cri. Ou si une image les cherche et se présente soudain, comme celle de ce jeune Occidental assis sur le trottoir, le long du camp, et attaché dans un collier de quatre pneus : il est brûlé vif par les Khmers rouges. Hurlements, fumée noire et hideuse. Günther Anders écrit : « Les événements retransmis sont en même temps présents *et* absents, sont en même temps réels *et* apparents, sont là *et*, en même temps, ne sont pas là ; bref, parce qu'ils sont des *fantômes.* » Christophe a noté dans tous nos cahiers : *quartier des morts*. Mais peut-être est-ce vraiment le quartier des fantômes.

Il reste l'énigme du mensonge, approchée et révélée par ces graffitis. Pourquoi torturer et faire rédiger des aveux par chaque prisonnier, qui sera de toute façon exécuté ? Pour rendre son exécution légalement et moralement légitime, c'est entendu. Et donc pour légitimer la révolution. Ou plutôt : c'est important pour la révolution qu'elle se légitime elle-même, à travers ses combattants imparfaits. Puisque tu as trahi, nous sommes justes en te détruisant – le traître, d'une certaine façon, a appelé cette mort. L'a réclamée. Un sacrifice ? Ou une délivrance, après des semaines de torture. Quant à la cause, elle se renforce dans le sang nécessaire à ce grand corps politique, sans cesse menacé par le vide, par l'échec, par l'absence d'être, par l'angoisse d'après. Et bien sûr menacé par l'ennemi, extérieur et militaire, ou plus dangereux : par l'ennemi intérieur – la force en soi qui refuse l'injustice.

L'ensemble de ces fausses confessions, parfaitement connues comme telles par les bourreaux et par l'organisation, sont archivées. Je l'ai écrit, ce grand récit de 700 000 pages constitue à la fois les archives du mensonge et le rêve noir de la révolution.

Celle-ci commence par une quête de vérité, de lumière, de transformation puissante. Et très vite, elle s'arrange avec la cause. Ici, dans un travail minutieux et prosaïque, elle recrée une vérité. Le créateur vit dans sa propagande.

Duch lui-même ne cesse de mentir devant ma caméra. Il affirme ainsi n'être jamais allé à Choeung Ek, le lieu d'exécution. Ou bien une fois, « une seule », pour « montrer à ses chefs ». Or il contrôle tout, veut tout contrôler, et doit tout contrôler – sinon il mourra lui aussi. Ou bien il devra exécuter un de ses gardes. Seule la mort purifie, dans le régime de mort.

Duch habite près du cœur de S21, il vient à pied ou en moto, le soir ou en fin de journée – c'est le bureau de la révolution, où la torture est politique, et non un « commissariat », comme il le prétendra. Duch est un révolutionnaire passionné d'ordre. Il lit tout. Il annote les confessions à l'encre bleu nuit, commente, questionne, exige. Ou à l'encre rouge pour « Kamtech », « à réduire en poussière ». Il garde toujours sur lui un petit carnet où il consigne des idées, ce qui l'intéresse mais aussi des noms qui l'intriguent, qu'il retrouvera. C'est un perfectionniste. Je retrouve ainsi le nom de mon oncle, revenu des États-Unis pour participer à la révolution et à la reconstruction du pays, et qui fut conduit à S21 immédiatement – comme tous ceux qui rentraient au pays, impurs et menaçants.

« Ainsi nous ne devons pas hésiter ou laisser le doute s'insinuer dans notre esprit, ce qui empêche notre tâche y compris, même s'il s'agit d'un membre de la famille, d'un frère ou d'une sœur ou de quelqu'un à qui nous avons eu l'habitude de faire confiance » (« Listes statistiques du Santebal S21, Politique / idéologie / organisation »).

Trente ans plus tard, Duch se souvient des faits, des récits, des parcours. Il fut un homme constamment impitoyable. Mais peut-il affirmer qu'il a été fièrement « l'instrument pur de la révolution » ? Ou doit-il se retrancher derrière l'obéissance et un rôle prétendument secondaire ? Le mensonge travaille encore la vérité historique, et son récit hésite, comme impossible.

Quand il est conduit par le Tribunal spécial chargé de juger les Khmers rouges pour une « reconstitution » (je mets le mot entre guillemets, ne sachant trop sa signification, ou bien son ironie), dans un centre S21 entièrement fermé, avec des gardes du corps et des snipers sur les toits : Duch arrive devant le bâtiment où je me trouve, et là, devant les enquêteurs, les juges, les avocats et les photographes, il pleure. À son tour victime ? À son tour pris par l'émotion ? Mon ami le peintre Vann Nath est stupéfait : Duch comme un acteur emporté par son rôle, lui qui n'a jamais tremblé.

« Je jure de dire la vérité » : cela ne suffit pas. La justice est aussi une scène, entre fascination et organisation d'un contre-récit. Je me méfie du lyrisme que décrit si bien Kundera, cette « station de correspondance entre la mort et l'oubli ». Pour moi, la justice doit être un combat.

Au deuxième étage, dans la grande pièce vide. Les fenêtres sont ouvertes derrière les barreaux mais tout est silencieux, épais. Je marche dans la pénombre avec Christophe. Le sol flotte sous mes pieds, j'avance lentement, avec une sensation que j'ose à peine écrire : et si nous allions nous enfoncer ? Et si au prochain pas, nous tombions dans un trou ? Et si les dalles se disloquaient ? Je tends la main pour ne pas heurter le mur, à la fois inatteignable et plastique. Le voici. Enfin nous arrivons dans la coursive, sous le néon qui grésille.

Sols et murs de peau, terre meuble débordant le carrelage, je retrouve cette matière sans cause, qui est peut-être une forme supérieure de la mémoire. Maintenant je peux l'écrire sans peur : j'ai approché la fosse comme autrefois. Ce n'était pas à S21 mais dans la campagne, près de Battambang. Ce n'était pas le carrelage sali, mais la terre trempée qui remontait, avec son odeur de boue, de glaise, ses corps enflés, ses longs vers tournoyants, avec son langage dans la mort, comme un vertige. J'ai pensé aux fosses de mon enfance, où j'ai jeté chaque matin les corps, un bout de tissu noir sur la bouche et les mains collantes. Pendant des mois. J'ai pensé à mon père, à ma mère et ma sœur, puis à mes nièces et neveux, un instant j'ai vu leurs visages.

Comme nous descendons l'escalier, Christophe se tourne vers moi et murmure : Toi aussi tu as eu l'impression de perdre pied ?

« Personne ne l'aidera. Il doit croire au parti afin que nous les détruisions et les séparions, afin qu'il n'ait plus confiance en eux, ni en leur chef ni en leur plan » (« Listes statistiques du Santebal S21, Politique / idéologie / organisation », juillet-août 1976).

Maintenant le bourreau. L'être-bourreau, devrais-je dire, ce jeune homme, parfois de quatorze ans, choisi par Duch parmi « ceux de la forêt » et conduit ici : il sera formé à la violence, à la torture, et il ne sortira jamais de cette zone interdite avant la libération du pays, en 1979, par l'armée vietnamienne.

À la fin de 1999, je filme ainsi Houy, qui ne dit rien ou presque. La porte du langage est dangereuse. D'ailleurs il n'approche pas du cœur de S21 mais reste en marge. Peut-être sent-il encore la lumière fossile ? Je le questionne : Combien de personnes as-tu tuées ? Tu sens le corps de la victime ? Tu réagis comment ? Après un certain temps, il murmure. Une personne. Peut-être deux. Tard dans la soirée, il reconnaît : Cinq. Et il précise : Maximum.

Houy ! Je lui lance : Tu as été là jusqu'à la fin. Et tu étais l'adjoint de Hor. Alors tu as tué combien : dix ? vingt ? cent ? Il me répond : Tu veux que je te dise combien ? Oui. Tu veux ? Il pourrait crier mais la vérité ne vient pas.

Je continue : Oui, je veux ! Et quand tu tapes, tu réagis comment ? Dis-moi ! Il a un sourire. Est-ce de la gêne ? Une forme de désespoir ? Ou l'aveu, enfin ? Après des heures de questions, de silence, de pauses, il lance : J'ai tellement tué, je ne sais plus.

J'essaie d'écarter les mots inutiles. J'essaie d'aller vers l'habitude, vers les gestes. Vers le « ça mécanique ». Le récit de l'extermination commence par la répétition – peut-être le refuge vrai de l'être-bourreau. Houy me parle d'abord des boîtes d'excréments. Les prisonniers ne mangent pas, on ne leur donne presque rien, alors il y a peu d'excréments, mais les boîtes doivent être vidées. Houy raconte, chaque cellule, chaque boîte, ce rythme du vide et de la première élimination.

Des mois plus tard, je lui demande ses sensations, quand il découvre le champ d'exécution de Choeung Ek, la première fois. Les coups sur la nuque des victimes. Le sang, partout. Et l'odeur métallique, mauvaise, quand on égorge. Il est submergé par l'odeur. L'odeur, est-ce le geste ? Il vacille. Puis il précise : Jour après jour, ça change. Bientôt je ne sens plus. Mais je veux rentrer vite à la base, au camp, avant que le soleil ne se lève.

Il s'y rend parfois deux fois dans la même nuit : exécuter avec une barre de métal ; puis égorger ou éventrer ; récupérer les menottes ; enterrer les corps. Au retour à S21, il doit encore laver tout le matériel, se nettoyer les mains et le visage. Je l'ai écrit, un quotidien où le bourreau s'accomplit sur un chemin d'inhumanité.

« Dachkhat ! » : « Soyons absolus ! » dans la langue de l'Angkar.

L'homme qui exécute croyait aux âmes, lui aussi. Et il y croit encore. La première fois que je le filme, ce n'est pas à S21, c'est chez lui à la campagne. Je l'approche. Puis ses parents, qui évoquent la paix de l'âme – peut-être l'autre nom de la tranquillité ? À leurs côtés, sa sœur le défend avec force. Il n'a pas eu le choix. C'était l'époque. Au bout d'un certain temps, Houy se lève : Il faut arrêter, j'ai mal à la tête.

La deuxième fois, je le filme sous un arbre, non loin de chez lui. Houy faisait peur aux gens, même dans son village, même après trente ans. Il appartenait à la division militaire 703, comme son chef Hor. Alors que Duch et Mam Nay venaient du camp M13 – à chaque fois, trouver une continuité, une loyauté dans les méthodes de mort. C'est une scène terrible. Houy tient son coupe-coupe à la main et il me répond sans conviction, le regard dur, lointain, le regard de l'ancien militaire qui a son secret. Vann Nath, à mes côtés pendant le tournage, a peint un à-plat triste, et cette lame menaçante qui fend l'image.

Puis il commence à pleuvoir. Je lance à Houy : On va continuer. Veux-tu venir à S21, et je te filme là-bas ? Il répond : Pas de problème. Le lendemain, nous arrivons sur les lieux avec tout mon matériel, et aussi deux gardes du corps. Très vite, la rumeur de la venue de Houy se répand et des jeunes arrivent, une dizaine au moins. Ils grondent, le menacent. Son rôle est connu de tous et Houy est inquiet. Il ne dit rien. Nous finissons par filmer devant le grand bâtiment, au cœur du lieu.

Ce jour-là, Vann Nath vient récupérer ses pinceaux à S21 et il ignore que Houy est présent. Mais il entre dans le champ de la caméra et dit à Houy : Tu me reconnais ? Il le prend par l'épaule avec une sorte de douceur : Il est temps que tu dises la vérité. Houy renâcle. As-tu été ici ? Réponse : Non, j'étais garde à l'extérieur. Il y a encore des gens tout autour et Houy les menace soudain en hurlant : S'il y en a un qui peut vous casser la tête, c'est moi !

Vann Nath l'éloigne, je les suis avec ma caméra, il lui montre les bâtiments puis ses tableaux. Chaque toile est une scène du camp de torture. Un homme aux ongles arrachés. Un autre plongé par les pieds dans une jarre d'eau. Des suppliciés attachés au sol. Ça, c'est vrai ? Oui ou non ? Oui, répond Houy. Vann Nath continue. Et les enfants qui disparaissent dans la campagne, c'est vrai ? Oui ou non ? Je n'ai pas vu, mais j'ai entendu, répond Houy. Je filme en un seul plan-séquence épuisant : des images impossibles à monter – c'est l'ensemble qui dit la vérité du crime. Il n'y a ni scénario, ni mise en scène, ni hors-champ. L'homme filmé reconnaît ses crimes, simplement, c'est un au-delà du cinéma.

Quand Primo Levi rentre des camps, il raconte, et les gens ne l'écoutent pas, ne le croient jamais. La réconciliation est une tentative politique. Tout comme le pardon, elle ne se décrète pas. Il faut savoir qui est victime et qui est criminel. Vann Nath peint ce qu'il a vu : il montre ces preuves à l'être-bourreau et lui demande confirmation. La ville bruisse des paroles des fantômes.

C'est un quotidien impossible à imaginer. Impossible à consigner. Et pourtant si, il faut essayer, pour ne pas laisser le silence ou la fascination l'emporter. Qu'est-ce que la vie de chaque jour dans un centre de torture et de mort ? Un quotidien comme un système, entièrement dévolu à détruire l'être.

Un grand-père est frappé en public par un enfant, son petit-fils : Pourquoi me frappes-tu ? Je suis ton grand-père. Le père de ton père. Arrête… Réponse : Je suis peut-être ton petit-fils, mais je suis un révolutionnaire. On l'applaudit.

Dans le monde totalitaire, les mots tuent. Alors c'est vrai, je cherche le vivant, qu'il fasse partie de nous, encore. Je cherche les mots qui réparent, et qui ne sont pas les mots creux de la conscience mondiale. Ce n'est pas le devoir de mémoire, mais une quête morale.

Une nuit, il y a trente ans, j'ai roulé jusqu'à Choeung Ek avec Vann Nath et Houy. Quelques kilomètres. Pour ressentir. Pour comprendre. Nous avons quitté S21 et roulé dans la nuit totale. Houy connaissait la route parfaitement et ensemble nous avons chronométré. Sur place, il n'y avait plus les néons, les groupes électrogènes, les odeurs de fuel et de sang. Mais on comprenait l'organisation d'autrefois : faire descendre les prisonniers menottés du camion, les yeux bandés, eux qui pensaient retrouver la liberté ; les conduire un par un à l'écart, au bord de la fosse, dans le mugissement du moteur, qui à la fois éclaire et efface ; et là, sans un mot, briser la nuque d'un coup ; avant l'égorgement. Enfin, s'il s'agit d'un cadre, photographier le corps : il faut une preuve que le coupable a été détruit. Ses aveux n'ont pas été vains et sont archivés.

Puis les tueurs comptaient les corps et les recomptaient. Et s'il en manquait un, ils sortaient les corps des fosses et recomptaient, encore et encore.

Vann Nath était avec nous. La première fois, nous avons été abasourdis par cette organisation parfaite et je n'ai pas filmé. Houy nous a raconté l'histoire de l'unique prisonnier qui avait réussi à sauter du camion. Il s'était caché dans la nuit, mais à travers les champs vides, les mains menottées, il n'avait aucune chance. Le lendemain, il a été retrouvé.

Il y a un autre cas, confirmé par Duch, d'un homme qui a réussi à prendre une arme, et qui s'est battu. Il a tiré sur les bourreaux, malgré ses pieds enchaînés, avant d'être tué à son tour. C'est ici qu'étaient torturés les cadres du régime ou les dirigeants. Pour comprendre, il faut avoir balayé ces milliers de pages de documentation énigmatique. Pendant le tournage, je portais ces dossiers partout : ici, là, chez moi à Phnom Penh, et même à Paris, cherchant des noms, des récits, des dates, des visages, avec le sentiment d'un trésor toxique.

Je retrouve Prak Khan dans la campagne. Il a accepté que je vienne avec une caméra, pas chez lui, mais dans le kiosque d'un petit parc de loisirs, loin de son village. Tout autour, les rizières. De temps en temps un cri d'oiseau, des bruissements. Et personne. Je filme, longtemps. De question en question, j'avance. Tu as été gardien au centre, oui ou non ? Tu étais dans un « groupe mordant », oui ou non ? Tu as torturé ? Il refuse, il s'échappe. Quand il me répond oui, enfin, sa femme à ses côtés tressaille car elle ignorait tout. Elle répète : Tu as travaillé là-bas ? Tu as fait ce qu'il dit ? Il baisse la tête. Elle insiste : Tu dois dire la vérité. Et si tu dois aller en prison, tu assumeras tes fautes.

Longtemps, je l'ai filmé, à S21 aussi, racontant les méthodes, les supplices, son quotidien. Il esquivait, mentait toujours, pourtant il revenait et nous parlait, comme dans une impossible quête. Dès que je trouvais une preuve, je le questionnais en reprenant à zéro. Et puis il a fini par tout me dire : les ongles arrachés, l'étouffement avec un sac, l'électrocution, les coups de câbles métalliques, sa participation atroce au « groupe mordant », avec la violence physique et un certain sadisme, qui semblait prendre la place de la sexualité. Lui était soulagé, d'une certaine façon, et sa femme s'est effondrée. Il y a un instant douloureux où la quête historique l'emporte sur l'être.

Prak Khan nous dit aussi être passé près d'un prisonnier qui dormait par terre, le corps bandé, dans l'attente de nouvelles tortures. Il s'accroupit, et cogne sa tête contre le mur. Une fois. Puis deux. Bruit mat, sans un soupir, sans un mot. « J'ai essayé, mais il y a une résistance du corps. » Oui, quand on tape un humain, il y a une forme d'intégrité physique qui résiste, qui s'oppose à la force, et qui nous revient encore, après trente ans.

Le bourreau nous raconte l'histoire de la « fille-soldat » qui chiait dans le bloc opératoire. Je reprends ses mots à dessein. Il la torture, et son corps est jeté à Choeung Ek.

Plus tard, sa sœur vient à S21 et rencontre Prak Khan. Je filme la scène. Elle lui lance :

C'était ma sœur ! Elle croyait à la révolution. Tu es un fils de pute ! Elle s'écroule. Et là le bourreau devient muet. Il est incapable de dire un mot. Quand la sœur est partie, Prak Khan me lance : Je veux bien te parler. C'est simple : j'accepte tout mais ne me mets plus jamais en face de familles de victimes. Jamais.

Pourtant, c'est lui qui a détaillé les prises de sang intégral. Il nous a aidés sur la compréhension des processus, sur la formation des groupes. Ensemble, si je puis dire, nous avons approché de la vérité. En filmant le jour, la nuit. Énigme de l'être-bourreau, qui ne changera plus jamais, pris lui aussi dans ce tourment.

Aujourd'hui, Prak Khan est marchand de bananes. Il les achète dans la province de Kampong Cham et les vend au marché près de chez lui, sur la route de Ta Keo.

Ho arrive à S21 à dix-huit ans, aidé par son grand-frère Peng. Il est simple et doux. Il accepte d'être filmé avec sa femme. Assis sur un banc, une journée entière, il raconte, puis repart. Je le dédommage de sa journée qu'il n'a pas passée aux champs. J'essaie dans la durée de retrouver une unité, de faire revivre une certaine mémoire.

J'interroge un autre tortionnaire : Suos Thy. Il était en terminale avant d'entrer dans la révolution. Le plus éduqué de tous. Il comprend le français mais le cache bien. À S21, il gère les registres et la numérotation des prisonniers. Un système étrange, compliqué, efficace. Il n'y a pas d'erreur possible et d'ailleurs, la complexité est son assurance-vie.

Mais Ho est présent ce jour-là sur le tournage, et il lui lance : Tu n'as pas fait que compter les entrants et garder les clefs des cellules, arrête ! Je t'ai vu monter dans les étages avec mon frère… Il est temps de dire les choses !

Et grâce à lui, le gardien a parlé. Comme s'il s'éveillait d'une nuit impossible. L'ensemble de ces paroles, aussi du côté de l'être-bourreau, qui est toujours là, permet de comprendre S21. Mon sujet n'est pas la prison, mais l'intention génocidaire – là où le travail d'extermination est réfléchi, organisé, amélioré. Et bien évidemment caché. Mon sujet est ce qui explique l'espionnage puis l'épuration des ennemis ; l'élimination des opposants ; et aussi l'élimination des cadres khmers rouges importants. Que toute personne osant émettre une opinion entre ici et y disparaisse – dans l'ancien lycée des faubourgs de Phnom Penh.

Le centre S21 est un pouvoir total. Duch peut se déplacer dans tout le pays, malgré les barrages et les couvre-feux : envoyer son photographe préféré, Srieng, prendre des images de la famine. Il veut savoir, comprendre si c'est vrai, la mort en masse, partout dans le pays. Srieng développe ses images et les montre à Duch, qui les regarde sans un mot et les lui rend. À son retour au laboratoire, le photographe décide de tout brûler. Il ne veut plus voir ou posséder ces preuves contre le pouvoir supérieur. Il y a des fantômes à S21, car c'est le quartier général de la peur.

Les gardes sont sélectionnés avec attention. C'est souvent Mam Nay, si proche de Duch, qui vient les chercher : il les choisit dans le peuple de base.

Quand ils sont retenus, ces jeunes hommes sont contents. Ils ne savent pas où ils partent, mais on leur a expliqué que c'était important. Leur famille est fière, et on tue un chien, ou on mange des plats aux épices : c'est la fête, au cœur de la famine et de la violence. Puis vient le grand départ : ces jeunes sont en tissu noir boutonné, on leur a offert un chapeau neuf.

Le convoi part, souvent de nuit, avant de s'arrêter dans un centre de formation extérieur à Phnom Penh. On leur apprend le combat au corps à corps et la manipulation des armes. Puis ils roulent jusqu'à S21, où ils sont directement affectés à la garde. Il faut les habituer à la violence extrême. Ici, on banalise, on brise, on déshumanise l'ennemi, et on déshumanise aussi les futurs « instruments purs » de l'Angkar. C'est un travail. Et l'autre, à qui on inflige la violence, n'est pas l'autre : il est l'ennemi. D'abord perdre toute empathie. D'abord vivre dans le néant. Plus tard, on leur apprend la torture : une méthode rigoureusement transmise et exécutée par l'élite de S21.

Ces paysans de quatorze ans chutent dans la répétition et dans cette atmosphère trempée de sang. Dorment-ils ? Pleurent-ils en pensant à leur village ? Respirent-ils, ces « êtres sous-la-main » aux gestes affreux et répétitifs ? Impossible de fuir, impossible d'agir différemment, impossible de faire abstraction. L'être-bourreau va au silence dans les cris de sa victime.

Dans tout film de propagande khmère rouge, les corps bougent vite. Ce ne sont pas des corps, non, ce sont des pantins, les objets d'un matérialisme empirique. Poing serré, bras gauche contre le corps et en angle droit, cet être à chaussures en pneus de voiture chante et danse de façon saccadée. Ce que nous appelions alors la « danse en locomotive ». Chaque être n'est qu'un élément d'une chaîne. Ainsi que l'écrit Serge Daney : « On sait en effet qu'un peuple en lutte est amené à forger une image de cette lutte, une "bonne image". Toute lutte prolongée forge d'elle-même une image de marque, un drapeau, un emblème où il y va de son identité (puisque c'est toujours à partir de la négation de cette identité qu'elle a commencé). Chaque image est alors une preuve, un constat, une pièce à conviction. Et pour obtenir cette image, il faut poser, et faire poser. » Et plus loin : « Comment filmer des guillemets ? »

Au village de la victoire, les paysannes en noir, souriantes, heureuses, sèment le riz. Un acte triomphant. Elles tiennent de fausses serpes parfaitement aiguisées. Plus tard, elles plantent du coton irréel. Plus tard, une main théorique, lisse et aux ongles faits, frôle le riz. C'est un geste pur, un geste modèle dans une ferme modèle. Tout semble neuf pour la caméra. Cela s'appelle un décor. Même le canal est impeccable, avec ses bords nets en ciment : faut-il que ce film reflète la vérité ? Faut-il qu'il y ait un spectateur, un œil lucide face à ces images ? Ou bien n'est-ce un film pour personne, aussi mort que le projet même de S21 ?

C'est un rapprochement qui n'a rien de choquant : à un instant de perfection inhumaine, l'image est pour nous : citoyen occidental, terrassé par ce projet idéologique en actes, admiratif, innocent, tenté par cette nouvelle hypothèse communiste. Ou bien : c'est une image fantôme, une image dans la fausseté. Je crois d'ailleurs que ce n'est pas une image, mais sa destruction. Comme une échappée dans le négatif.

Parfois, entre deux séquences de propagande, et pour une raison énigmatique, la caméra tourne encore. Ce sont alors les êtres meurtris, lents, épuisés, terriblement humains. Des quasi-morts. Alors il n'y a pas d'échappée, et plus vraiment d'images. C'est l'au-delà de la vérité.

Même l'enfant-révolution semble faux : ce nouvel être si jeune, qui sait à peine lire, cet être de première connaissance, il devrait être un parfait sujet de cinéma. Mais rien ne va : batelier, gardien, réparateur de voitures, paysan, tortionnaire, l'être mythique se répète, vaguement ridicule, et il n'a que des gestes faux. Il obéit à un metteur en scène invisible et qui filme les pieds par dizaines : oui, les pieds de ces enfants. Une certaine idée de l'élan révolutionnaire : Gavroche n'est jamais loin. « L'enfant est l'interprète du peuple. Que dis-je ? Il est le peuple même, dans sa vérité native, avant qu'il ne soit déformé, le peuple sans vulgarité, sans rudesse, sans envie, n'inspirant ni défiance ni répulsion », écrit Michelet. Mais l'enfant-révolution est l'enfant dans l'image.

Parfois on décèle une maladresse, une image qui n'est pas à sa place, ou bien mal tournée. Parfois c'est un faux raccord, un regard qui vacille, ou un stylo dans une poche de chemise, alors que cet objet bourgeois est désormais interdit. Une brève imperfection dans la propagande. Je revois ainsi des films sur l'abondance et la prospérité du Kampuchea démocratique : sucre, jus, fruits du palmier, cochons, durians, œufs, c'est un pays riche, nourri, avec des métamorphoses. Grands pains de savon, sacs de riz de 27 kilos par milliers, buffles puissants – l'idéologie passe aussi par la matière. Elle montre ce qui n'existait pas, et ce que je n'ai jamais vu en quatre ans. C'est l'autre pays.

Il y a ce que les révolutionnaires cachent. Il y a ce qu'ils montrent et qui est faux. Il y a ce qui est vrai et qui est en partie invisible. Une mécanique de film fausse. Pourquoi ? Car ils veulent donner raison à l'image. Que l'image serve une cause extérieure à elle-même. Parfois je me dis, à penser aux images tournées à S21 par l'armée vietnamienne, que le montage est l'inverse du cinéma. Et partout je connais ces images de mort.

Les bourreaux : je ne veux pas savoir ce qui passe aujourd'hui dans leur nuit.

C'est vrai, je reviens dans ce lieu. Je n'ai pas de caméra, et je n'ai pas de coupe-coupe. Christophe tient son carnet. Je pense aux premières années, quand autour du camp les routes étaient en terre, les fossés pleins de boue et de déjections. Tout un quartier de maisons en bois, avec des traces de sang, des anneaux de métal. Je venais presque chaque jour. C'est ma méthode : rester, demander une fois, mille. Ne jamais cesser de questionner, sans fascination. Parfois avec douceur, et parfois j'ai crié face aux mensonges des bourreaux. Je demandais aux voisins de baisser le son de leurs télévisions pendant le tournage. C'était il y a vingt-cinq ans. Et les gens autour me disaient : Oui, on sait, on vous entend, c'est bien…

Peut-être qu'ici, la parole se déploie et s'affirme, en lutte contre quatre années de sang. Je reviens pour un rendez-vous avec les âmes. Il y eut des gens courageux, même dans la douleur et la mort.

Pendant quatre ans, Duch organise le mensonge – un mensonge infiniment répété. Il n'est pas l'ami du peuple, mais l'ordonnateur des récits. Comme l'écrit Alain Badiou (*Vingt-quatre notes sur les usages du mot « peuple »*, 2013) : « "Peuple" est donc une catégorie politique, soit en amont de l'existence d'un État désiré dont une puissance interdit l'existence, soit en aval d'un État installé dont un nouveau peuple, à la fois intérieur et extérieur au peuple officiel, exige le dépérissement. » Je m'arrête au « nouveau peuple », expression si rare, qui fut au Cambodge les classes « bourgeoises » exterminées par les Khmers rouges. Et toujours : le dépérissement. Périr, toujours. Plus loin : "Peuple" est un mot qui prend toute sa valeur, soit sous les espèces, transitoires, de la guerre de libération nationale, soit sous celles, définitives, des politiques communistes. » Restent donc les seules politiques communistes.

À S21, c'est Duch qui effectue le montage. Une confession parfaitement fausse peut-elle devenir vraie ? Quelle différence entre la propagande et la vérité ? Les idéologues ont une puissance extraordinaire – ils travaillent dans le temps. Ils envisagent à la fois la réécriture du royaume d'Angkor, délaissé au XIe siècle, mais aussi celle de demain. Quant à aujourd'hui, il tombe dans une faille douloureuse, à la fois surchargée et déjà détruite.

La question décisive demeure : qui croira cette vérité ? Qui peut supporter cette vérité sans brûler les photographies ? D'où ma méthode : venir sur les lieux ; ne se fier qu'à la rencontre physique, tant qu'elle est possible ; confronter les points de vue dans un échange à hauteur humaine. Et surtout : mener la guerre du langage.

Il ne s'agit pas d'un hypothétique devoir de mémoire, d'une obligation venue du ciel, comme il y a des politiques transitoires ou définitives. C'est un travail de documentation et d'archives, qui ouvre un travail historique et moral. Et puisque les mots tuent dans le monde totalitaire, cela signifie aussi : clarifier le langage. Chercher les mots qui réparent, à portée de main et de l'autre. Des mots qui fassent partie de nous, qui soient dans la communauté organique de l'être.

Si vous entrez avec moi au quartier des fantômes, vous êtes comme Christophe à genoux dans les escaliers à mesurer les marches ; et à scruter à la torche un graffiti codé. Vous acceptez de ne pas vous sentir libéré – aussi de ne pas pleurer, que le langage soit toujours là, en première ligne, avant l'émotion, qui est aussi, parfois, une façon de s'échapper. Bien sûr, nous avons la gorge serrée. Les matières nous heurtent, les grincements, les cris, l'ancien code des gardes qui font les cent pas, vérifient les serrures, avant de disparaître dans la nuit de l'histoire.

Et puis il y a Vann Nath. Chez lui, à Battambang, on lui lance : Viens avec nous, on va sur un chantier pour réparer. Une fois loin, tous sont attachés, et les yeux bandés. Premier interrogatoire. Première séance de torture. Le camion bâché tangue sur la piste, pendant des heures, les plus jeunes vomissent. Ils sont trente-six et se font une promesse :

celui qui survivra racontera. Ce sera Vann Nath. Le chauffeur du convoi est remplacé devant l'ambassade de France, et c'est donc l'équipe autorisée qui prend le relais. Le secret est essentiel.

Quand il s'agit d'un cadre khmer rouge de haut niveau, il est invité officiellement à une réunion, il s'installe dans un salon confortable, chacun vient sans arme, on parle, on se repose. Puis quelqu'un lance « Camarade, buvons du thé ! » C'est un mot de passe : des hommes apparaissent, et le cadre est arrêté. Comme Vann Nath, il est attaché, jeté dans un camion aux portes closes, et bientôt des forces spéciales prennent le relais dans le camp.

Vann Nath suit le parcours des prisonniers à S21 et se retrouve la nuit dans une pièce collective. Comme il est grand, son pied ne rentre pas dans l'anneau : il faut taper, taper, forcer, que la chair et l'os se soumettent au métal.

Duch lit les biographies et sélectionne des peintres et des sculpteurs, qu'il ne tue pas.

Une ruse de la raison révolutionnaire. En juillet 1793, le député Guirault lance au peintre David, après l'assassinat de Marat : « Où es-tu, David ? Prends tes pinceaux, il te reste un tableau à faire ! »

Vann Nath est extrait de la cellule, conduit en bas, terrifié, il raconte que ses mains tremblent. Il pense que c'est la fin. Mais là, Duch lui donne des indications. Vann Nath est un artisan de l'image, mieux, un ouvrier de l'image, et non un élève de l'École des beaux-arts de Phnom Penh. Il a travaillé dans le passé à des affiches de cinéma, pour des restaurants ou des échoppes. Son travail est net, coloré, lumineux.

En 2000, Vann Nath me raconte que lui aussi, en entrant à S21, griffonne sur le mur, au ras du sol. Quelqu'un a gravé à côté : « enfant âgé de quinze ans ». Sa cheville blessée le fait souffrir terriblement. Je me souviens avoir cherché avec lui, à genoux sur le carrelage. Il était déjà malade mais il venait tous les jours pour le film, et souvent le soir. C'était son combat moral.

Il n'a pas retrouvé son dessin : comme le bâtiment en ses cruelles métamorphoses, les signes s'épuisent, disparaissent, se déplacent.

Vann Nath a survécu plusieurs fois. Avec courage. Il connaissait très bien le bouddhisme et avait lu les nombreux tomes des *Paroles de Bouddha*. Il m'a aidé ici à traverser l'atmosphère épaisse et indiscernable du quartier des fantômes. Mieux que personne, il avait connu et ressentait encore ce rayonnement mauvais. Ensemble, nous cherchions des traces, des signes, peut-être de façon obsessionnelle. Je ne vois pas d'autre façon de lutter contre l'oubli, ou pire : le mensonge dans le mensonge. Nul n'est à l'abri d'un contre-récit.

Au début des années 1990, je suis dans le quartier, déjà. J'écoute, je rencontre, j'hésite. Et je vois cet homme qui a été militaire, il approche à pas tranquilles et vient me parler : Vann Nath. Peu à peu je comprends qu'il dessinait et peignait de grands portraits de Pol Pot, au sein même de S21. Et que ces portraits étaient envoyés dans tout le pays, conformément au programme esthétique et politique du Frère numéro 1. Il m'apprend que Im Chan vit aussi à côté du camp, où il fut, lui, sculpteur de bois. Mais qu'il a peur : les Khmers rouges sont encore là, dans toute la société. Vann Nath veut me montrer l'intérieur du camp, mais je suis resté à la porte ce jour-là.

Ensuite, nous avons travaillé ensemble. Et son travail de représentation unique a nourri le mien, jusqu'aux statuettes d'argile peintes qui habitent mon film *L'Image manquante*, où j'ai pu montrer les miens.

Vann Nath a reproduit pendant un an la propagande révolutionnaire, et il a tout entendu, et tout vu. La soif, la faim, les supplices, les personnes « écrasées » par centaines. Je me souviens de ses mots au Tribunal spécial, où il n'eut qu'une journée pour témoigner des faits, lui qui voulait évoquer sa blessure morale, ses pensées quant à la déshumanisation et surtout l'intention génocidaire : « On mangeait des insectes tombés du plafond. On dormait et on faisait nos besoins au même endroit, parfois au milieu des cadavres. J'envisageais même de manger de la chair humaine. »

Puis nous avons commencé à évoquer notre projet. On parlait du camp, du rapport entre éducation et destruction sous le règne de l'idéologie, et aussi du cinéma, de la représentation. Vann Nath me racontait ce qui était en lui, les ordres, les hurlements, le pas régulier des gardiens la nuit, sa propre main sur la toile, les couleurs, le trait, le visage de Pol Pot qu'il connaissait mieux que tout autre, mais aussi les visites de Duch. Et il a commencé à faire des cauchemars, comme s'il revenait à S21. Ou plutôt, comme si le camp lui-même se présentait dans sa nuit, monstrueux, d'une netteté parfaite, protéiforme, visqueux. Mais Vann Nath n'a jamais renoncé. Avec ses grandes mains, son regard doux, son ton incroyable, un peu suspendu, tendre, il voulait participer à tout. Être présent. Il le voulait.

Un jour, nous étions ensemble à S21, avec un médecin khmer rouge qui nous racontait précisément son travail. C'était un cas unique, intéressant, et son récit était détaillé. Je l'ai filmé, et il nous a montré comment il confirmait les décès après exécution, les pieds dans la terre et le sang, et avec ce bruit obsédant du groupe électrogène. Vann Nath s'est levé, s'est approché et a murmuré, en colère : Ça ne va pas. Il n'est pas venu ici. Je ne le crois pas.

Il avait senti quelque chose, c'était invisible mais il l'a piégé, et après avoir résisté, le « médecin » a reconnu son mensonge. J'étais furieux, plus encore que Vann Nath ou pour lui, ou pour nous deux, et j'ai hurlé sur cet homme. Je l'ai puni, en lui ordonnant de s'asseoir dans un coin. Il est resté là, terrifié. Je fulminais. Et bien sûr je fulminais de fulminer. Seul Vann Nath avait pu révéler cette escroquerie puissante et abjecte : le faux témoin du vrai crime, dans un lieu qui fabriquait le faux à la chaîne. Après six heures, j'ai lancé à l'homme : Tu peux partir maintenant ! Et nous ne l'avons jamais revu.

Ce qu'a peint Vann Nath, et qu'on voit passer sur le film tourné par l'armée vietnamienne en janvier 1979 : des portraits de Pol Pot, par dizaines, grands, petits, triomphants, modestes, colorés, devant les chutes d'eau avec le prince Sihanouk – impénétrable sur chaque image, comme suspendu dans une atmosphère de vide et de puissance. Vann Nath était devenu un peintre officiel, comme David peignant Marat, et en même temps sans aucune liberté, prisonnier du « ça mécanique » évoqué auparavant.

Il y a des bustes, ainsi, par centaines – même si Duch ne cesse d'expliquer qu'il n'y a pas de culte de la personnalité. Pourquoi le croire ici ? L'image fait foi. Vann Nath confirme qu'il y avait des projets de bustes gigantesques : pour la place Wat Phnom, en particulier, le lieu symbolique de la fondation de la ville. Mais aussi des statuettes – comme une reproduction infinie de la révolution, entre marketing, propagande et folie répétitive. Parler au peuple comme à un enfant sage.

Pol Pot, le Frère numéro 1, invisible ou presque la première année de la révolution, devait être partout désormais. Il y a cette image programmatique : dans une main, Pol Pot tient la Constitution, un texte fantoche, mais ici tenu comme par Washington ou Danton ; et derrière lui, le peuple, enfin le peuple qu'il s'est choisi : ouvriers, paysans, soldats, femmes et hommes. Le peuple ou ce qu'il en reste, quand un tiers du pays meurt dans les camps ou de faim organisée.

Un programme politique tellement clair qu'il semble vide. Pour l'accomplir, entre autres, des plateaux d'argent, d'étain, de bronze, des récipients, casseroles, brocs, seaux, sont pris dans les maisons, partout dans Phnom Penh vide, pour être fondus et transformés. C'est un vol et une captation extraordinaire, qui sont filmés et montrés : une ambition à la fois bourgeoise et révolutionnaire. Entrer chez ceux qui ont été chassés, le nouveau peuple ; y prendre ce qui ne leur appartient plus (et donc n'est pas confisqué mais simplement pris) ; rassembler et faire fondre le tout, comme dans les grandes guerres, puniques, médiévales, contemporaines, patriotiques. Mais l'arme ainsi forgée n'est pas un canon, d'ailleurs il n'y a pas vraiment d'ennemi : c'est une image. L'arme ? Un portrait du révolutionnaire. Le peuple et son ancienne propriété doivent être métamorphosés : leur vie nouvelle sera incarnée en un visage mille fois répété.

Duch vient observer le travail de Vann Nath, dans l'atelier du camp. Observer ? Surveiller ? Impossible à dire, même pour le peintre. Un travail de propagande et de répétition, où la précision et la soumission par la peinture comptent plus que tout. Ici, nul fantôme. Duch passe parfois, sans un mot, inquiétant, il regarde, respire, tout juste déplace-t-il un buste. Et il repart à sa tâche, au bureau de la révolution. Est-ce une pause ? Est-ce d'avoir annoté trop de confessions à l'encre mauve, unique ici ? Est-ce après le séminaire de torture, qu'il tient en 1976 et qu'on connaît grâce au Cahier noir ? Parfois, Duch commente devant Vann Nath. Visions esthétiques sur les couleurs et les proportions. Phrases mécaniques et comme murmurées sur la lutte, sur le visage de Pol Pot, comme si à l'évoquer, il risquait lui aussi de mal parler de la divinité. Et bien entendu, ces propos pourraient être rapportés. La terreur est en chacun car la terreur est un ciel. Duch évoque aussi sa conception de la peinture : il n'aime que le classicisme, le respect de la perspective, la modération des motifs. Il parle, il s'écoute. Son tableau préféré ? *La Joconde*. Toute avant-garde semble l'inquiéter ou l'agacer – Picasso, Van Gogh… La révolution est-elle abritée dans les plis d'or de la Renaissance ?

Vann Nath rit doucement et quitte le champ de ma caméra. Je ne lui demande pas si Duch a évoqué la lune devant lui, qui l'intéressait tant – et qu'il fit photographier par Srieng. C'est l'image qui nous définit : celle-ci n'a pas été retrouvée. La famine et la lune ne peuvent se regarder en face.

Parfois, ce sont de jeunes gardes qui se penchent à la fenêtre de l'atelier, non loin de la pièce où sont lavés les instruments de torture.

Ils n'ont pas le droit d'entrer mais le lieu est accessible, dans un camp totalement fermé, peut-être parce qu'il est la politique à son apogée. D'ici partent vers tout le pays des affiches, des tableaux, des représentations du pouvoir – qui seront désormais la vérité et la gloire, scellées au cœur du secret et dans la mort.

Un jeune garde soupire et demande à Vann Nath, hésitant : Peins-moi un paysage. Ça fait si longtemps que je n'ai pas vu les rizières. Le jeune homme est-il impitoyable ? Triste ? L'un et l'autre ? Garde-t-il dans sa poche du sel et de petits piments frais, qu'il mâche la nuit douloureusement pour ne pas s'endormir, comme on fait dans les campagnes ? Est-il encore l'être-bourreau, ou bien un enfant perdu devant ces toiles encore blanches ?

Et Vann Nath, le prisonnier et artiste, traversant l'angoisse pendant des mois, peint cette image comme une carte postale rêvée. Le jeune garde lui donne un paquet de cigarettes. Est-ce une faille, est-ce un écart, comme la visite de Duch lui-même ? Ou bien faut-il un autre paysage, toujours, une échappée peinte par une main humaine, dans l'attente de ce que nous savons ensemble être la liberté ? Chacun dicte ses images pour traverser le monde. Et Vann Nath vivait d'obéir, et d'écouter.

Marat assassiné au bain : le tableau de David montre la divinité, pas le fantôme. Le visage grêlé, soudain lisse et clair dans la mort. Ce corps comme transfiguré. Et un peuple invisible. « Cruel comme la nature, écrira Baudelaire, ce tableau a tout le parfum de l'idéal. » Tableau glorieux, puis dissimulé, puis perdu. Toujours la métamorphose. Marat, l'ami du peuple, est seul dans la mort : mais cette solitude sera montrée partout, en tableaux, dessins, affiches, reproductions. Comme une passe vers la gloire et la politique de l'émotion. Ainsi meurt le révolutionnaire.

Et si le bourreau raconte la vérité, enfin, tombera-t-il dans la mort ?

Il y a un film de propagande qui m'intrigue. Il date des premiers temps de la prise de pouvoir – on y voit encore trois jeeps, ce qui ne sera plus le cas très vite. Toute machine sera bientôt détruite ou effacée, puisque issue elle aussi de la classe bourgeoise et capitaliste. Seul le bras paysan ou ouvrier sera admirable. Ainsi va la révolution, qui emporte le révolutionnaire dans son propre programme symbolique. C'est la voie sous-jacente de la terreur.

Une des jeeps tombe en panne. Un garçon de dix ans saute à terre, il est pieds nus, sa chemise est percée et son pantalon sale, seul son krama rouge semble un peu neuf – c'est donc un enfant du peuple, et du peuple paysan. Il ouvre le capot, écarte les adultes, et un peu comme un personnage de Chaplin, il répare le moteur, tout sourire, tournevis et clef à molette à la main. Capot rabattu, la jeep repart, avec force chants, enthousiasme et armes levées. C'est un conte. J'évoque Chaplin : mais dans ces images, pas de talent puisque le créateur

serait un individualiste forcené ; pas de liberté, d'audace ou de point de vue ; pas de langage complexe, pas d'hésitation ; pas d'émotions partagées – tout doit *faire preuve.* Ce n'est pas le cinéma, et ce n'est pas une hypothèse : c'est l'ordre. Le jeune garçon n'est pas Gavroche, mais il doit le devenir. C'est un destin héroïque dans la geste révolutionnaire. Un enfant sauve la cause par son inventivité et son courage, d'ailleurs ce n'est pas un enfant, c'est l'enfant-révolution : l'idéalité des fins dans ce visage qui ne peut être innocent.

Je me souviens des films du ministère de l'Information, avant la révolution : des touristes étrangers descendent de l'avion et roulent vers les temples d'Angkor. Chemises et jupes bariolées, musique joyeuse un peu électrique. Quel Cambodge ont-ils vu ? Rien de l'oppression du régime de Lon Nol, soutenu par les États-Unis. Rien des inégalités sociales terribles. Rien des bombardements, rien des morts. Et rien des assauts de la guérilla khmère rouge.

Je connais aussi les films de François Chalais, dans les années 1960 – talentueux et de pure propagande. Des militaires construisent des ponts en bois avec le peuple ; ou bien travaillent à une retenue d'eau. Ils aident les paysans et contribuent à l'artisanat. Chalais filme aussi des minorités, qui vont bâtir des maisons dans les mangroves, au bord de la mer. Ils ont quitté leurs montagnes pour découvrir le progrès, notre civilisation, et le tout en chantant. On les voit danser pour la chasse, avec des cornes de buffles et de fausses boucles d'oreilles. Un mythe pour effacer un autre mythe. J'en retiens la fausseté de ce cinéma, avant la révolution khmère rouge.

Je ne connais pas de films montrant la déportation de Phnom Penh, comment la capitale fut vidée de ses deux millions d'habitants en trois jours. Peut-être ont-ils été détruits ? Difficile d'imaginer que la révolution ne documente pas son triomphe. Comme il est écrit dans le Cahier noir : « Notre position est la patience et la solidité, on ne se précipite pas, on n'est pas imprudent, on n'est pas pessimiste, on ne désespère pas mais on reste toujours joyeux, dans tous les cas, dans la défaite ou dans la victoire, ce sont des choses normales. Il faut croire au parti, respecter la conduite du parti, sans condition, de manière absolue. »

Quelques jours après le 17 avril, un des dirigeants khmers rouges, Hou Youn, quitte la capitale. Il n'est pas d'accord avec la déportation du premier jour et l'orientation du régime. Suong Sikoeun, un des conseillers les plus influents des Frères dirigeants, le croise sur une berge du fleuve, le visage fermé, escorté par des hommes. Hou Youn marche vers son exécution. Déjà. Tout de suite. Nul n'a filmé ces instants, en bord de route, mais Sikoeun, qui reste khmer rouge jusqu'à sa mort, en 2022, me les a confirmés.

Trois ans plus tard, on découvre la ville à l'abandon, filmée en voiture par des équipes de la télévision yougoslave. Il semble impossible de s'arrêter. Tout est à la fois rapide et suspendu, coloré, irréel et triste. Vide. La révolution est aussi un cadre.

Khieu Samphan, docteur en économie, chef d'État du Kampuchea, au Tribunal spécial : « Les intellectuels formés dans les années 1950 en France, parmi lesquels se trouvaient quatre ou cinq ingénieurs, dont un grand savant polytechnicien et un des piliers du régime, sont rentrés, mais incapables d'exercer leur métier pour construire le pays. Certains sont devenus ministres de ci, ministres de ça. Ils étaient déconnectés de la base. (…) En un mot, ils avaient des connaissances mais étaient loin de la société. L'économie du pays n'était pas à ce niveau. Alors ils ne pouvaient rien faire. C'est pourquoi nous avions cette idée de ne pas ouvrir les écoles. Les enfants devaient étudier et pratiquer en même temps. À la campagne, ils devaient travailler dans les rizières, fabriquer des engrais. Et s'ils étaient à Phnom Penh, ils devaient travailler à l'usine. Étudier et travailler. Petit à petit, ils accumulaient les connaissances. Et la société ainsi que le pays se développaient rapidement. »

Je pense à mon père, cet instituteur engagé qui croyait à une société juste et au progrès. Chaque jour, à partir du 17 avril 1975, il a compté les jours sans école, et il répétait encore et encore que l'année était sacrifiée. On lui a arraché ses lunettes, ses cahiers, ses livres, son espoir, et il s'est laissé mourir. Et moi, en quatre années, j'ai vu, deux fois peut-être, les jeunes enfants assis par terre après le déjeuner, crier devant un tableau noir, sans livre ni cahier. Après une demi-heure, nous nous levions en répétant ce slogan, loin du risque d'« intellectualisme » : « La bêche est ton stylo, la rizière est ta page. »

Les Khmers rouges déportent le peuple à la campagne – mais la campagne, l'ancien monde originel, doit aussi pénétrer la ville et la transformer. À S21, il y a des champs de riz, des potagers, des élevages de poules, de chèvres et de cochons. Et à Choeung Ek, on tue avec les essieux des charrettes, des pioches ou du bambou. L'outil agricole entre dans l'exécution – l'instrument pur de la révolution.

J'ai examiné des centaines de films de propagande khmère rouge, et leur déroulé est plus que prévisible : déterministe. Parfois ce sont des bribes, des essais jamais utilisés, parfois de petits films destinés à être projetés partout, en bord de rizière, dans la jungle, le soir après les séances d'autocritique. Mais pas d'autocritique pour le cinéma du pouvoir, que chacun applaudira en chantant des slogans. Toujours le Cahier noir de S21 : « Le secret de l'ennemi, on peut toujours le déraciner même des plus sombres tréfonds, on peut détruire et réduire en poussière ses ruses, le réseau qui l'a assigné, ses plans. Plus on est efficace, plus on combat, plus on connaît la saveur d'être des combattants de la classe prolétarienne, plus on est heureux, plus on est courageux continuellement. »

Sérieux, le visage impénétrable, Pol Pot se penche sur une grande table. Il est rejoint par Khieu Samphan. Ensemble, ils scrutent une carte, l'étudient, semblent échanger dans ce film muet en noir et blanc. La carte est toujours un aspect essentiel de la démonstration, comme la table ou le bureau : la révolution est au travail. C'est un thème obligé – parfois la carte est au mur : tout révolutionnaire est d'abord un chef de guerre, et si vous ne comprenez pas votre souffrance dans les rizières, lui connaît son dessein, comme l'affirme le slogan mille fois répété : « Une main fait le riz, une main tient l'arme. » Le même corps du peuple en action. La carte permet aussi d'être pondéré : nulle fièvre ici, nul regard inquiet ou ambitieux, mais un plan de bataille – loin du *Napoléon* d'Abel Gance.

Ce bureau et cette carte donnent un cadre au projet – ce qui est hors-champ n'existe pas, que ce soit la famine, la torture, la défaite. Et a fortiori la disparition de l'école. Ce qui compte c'est ce qu'on montre, et c'est ce qu'on croit désormais. L'image est une réponse, et mille fois répétée elle sera la vérité. Il y a une puissance de l'image qui dissimule le mensonge. Dans ce ciel pédagogique, nulle échappée, nulle hypothèse, nul doute.

La main de Pol Pot pointe quelque chose, sans doute l'invisible, son index suit un fleuve ou une ligne de front. Il semble consulter Khieu Samphan. On peut déduire qu'il s'agit de l'approche de Phnom Penh par la guérilla, au printemps 1975. J'ai rencontré le cameraman, qui m'a appris que certains plans avaient été tournés *bien plus tard*. C'est le montage qui fait l'idéologie. Tranquillement analysé, ce court film affirme ce qu'il est : une succession d'images vides. Il a été diffusé dans le monde entier, révélant sa puissance comme un outil : oui, nous croyons à la révolution.

Si l'on aperçoit, sur le bureau tout proche, un livre de Lénine ou un portrait de Marx, et non loin, accroché à la chaise, un revolver dans son étui, c'est que tout est vrai : si tu ne crois pas à la lutte, camarade spectateur, la balle est pour toi. Mais cette séquence de mort reste invisible.

« Quand on menace, ne pas hésiter ; appâter ; casser avec ingéniosité pour le rendre doux et désespéré en lui disant qu'il ne peut pas continuer à résister » (« Listes statistiques du Santebal S21, Politique / idéologie / organisation », juillet-août 1976).

Et maintenant, la coopérative révolutionnaire parfaitement accomplie. Il faut que le film du monde parfait soit parfait. Il faut qu'il n'y ait qu'un seul jour. De très jeunes paysans avancent l'un derrière l'autre, au pas. Un peu comme des fantômes. Ils viennent pour le repas collectif, et s'approchent des grandes casseroles puis de la longue table. Difficile de ne pas être intrigué par ce film : tout est mécanique, une imitation de la vie jamais fluide, jamais surprenante. C'est un projet mental : le peuple est intouchable, il répète sans fin les mêmes mouvements, comme d'ailleurs les bœufs, qui se suivent, ou les tracteurs. On le comprend dans les films sur la construction de digues, les travaux dans les champs, le terrassement des routes : un unique flux d'images de mort, parfois silencieuses, parfois traversées par des chants héroïques. Dans un ou deux ans, parmi ces très jeunes paysans, certains seront gardes au camp S21.

Ailleurs, des ouvriers, mêmes vêtements noirs, mêmes gestes décidés, déversent des centaines de casseroles, de carcasses, de poutrelles – ici gît l'ancien monde. Et observez la magie révolutionnaire, puissante parce qu'affichant sa vérité : ce métal inutile et bourgeois est jeté dans les hauts-fourneaux – comme ceux de *La Condition humaine* (mais ici, ce ne sont pas des humains qui sont précipités dans les cheminées d'usine). Il est dissous, comme nous le serons, nous aussi, pauvres humains qui doutons. La transformation est pour l'être aussi : il doit se fondre dans le fantasme collectif. De ces fourchettes tordues, de ces pelles ou tuyaux renaîtront des armes.

J'ai évoqué l'enfant-révolution, courageux, habile, généreux, ayant comme tout compris par avance. Sur mon écran, il y a ce peuple d'enfants, qui incarne l'origine mythologique de la lutte. Un rêve en images. Un trompe-l'œil. Face à lui, dans mon esprit, l'être-bourreau, que nul ne veut connaître. Pourtant, il vit réellement mais veut rester sans visage : il terrifie et sera à son tour terrifié.

Mon frère voudrait connaître les dates de décès de ses enfants, et je dois chercher en moi, puisque j'étais à leurs côtés. Je m'y essaie. Je calcule. Mai ? juin 1977 ? ou 1976 ? J'avais perdu la notion du temps, et sans doute celle de toute vie. Ce flou organique n'a jamais cessé. Qu'est-ce qu'une date pendant un génocide ? Je ne sais pas. Mais je connais la désolation d'être de ce côté-ci, s'il a un nom, je connais la désolation de vivre et d'avoir survécu. C'est un poison lent, jamais une idée. Un flot d'images souterraines. Parfois à Grenoble puis à Paris, quand j'ai eu vingt ans, les âmes me rendaient visite – mes parents surtout. Soudain ils étaient devant moi. Je cherchais dans leur visage une expression, un sentiment, je ne sais pas, de colère ou de paix, de haine ou de peur, mais rien. Ils étaient là, dans la nuit. Silencieux. Gentils. Je n'étais pas effrayé mais surpris. Je tendais la main vers eux, je cherchais les mots ou bien une étoffe, une peau, mais non. Peu à peu, leurs visites se sont espacées, et maintenant c'est moi qui pense à eux, qui les appelle à ma façon. J'ose espérer qu'ils sont au pays tranquille.

Je pense aussi à Kodama, rescapé d'Hiroshima, qui m'a confié pour un film des images de son ADN blessé par l'irradiation, puis par les vingt et une opérations chirurgicales qu'il a subies. Il m'a guidé dans ma quête sur la transmission de la souffrance. Je me souviens du jour où, très ému, il m'a offert son livre. Je l'ai remercié. C'était la veille de mon départ. Puis il est venu en pleine nuit à mon hôtel, sonner et s'excuser : le volume qu'il m'avait offert était entièrement blanc. Un bloc d'écriture à venir. Il m'a tendu la version imprimée, et avec son accord j'ai gardé les deux volumes. À peine une métaphore de nos destins : je préfère l'idée que ce sont des formes changeantes dans les nuages. Maintenant Kodama est mort, et je pense à lui comme à un des grands oiseaux de S21, où j'aurai passé tant de jours : un homme au beau regard, qui se bat et change l'histoire.

Je n'ai pas oublié les petits ossements et les bouts de tissu que nous avons ramassés il y a des années, avec Christophe, les pieds enfoncés dans la glaise : une fosse perdue dans l'horizon. De retour à Phnom Penh, nous les avons enveloppés dans une soie rose clair, puis nous les avons déposés au creux d'une céramique. Ainsi les esprits sont apaisés. De temps en temps, j'allume de l'encens et je pense à ces âmes, bercées dans la fumée et le vague sourire de Bouddha.

Duch au Tribunal spécial : « Après la victoire du 17 avril, la doctrine de la haine de classe a commencé à être appliquée contre la classe dominante. (...) Les raisons qui nous ont menés à la victoire incluent l'évacuation de la population et l'expulsion des étrangers du Cambodge. Notre victoire a été préparée de cette manière, comme cela est précisé dans les documents. En résumé, le Parti communiste du Kampuchea ne peut échapper aux crimes qu'il a commis. Lorsque je dis "le parti", je m'inclus, ainsi que tous ses membres. »

Plus loin : « À S21, notre responsabilité était d'amener ces prisonniers, de les interroger, et de les détruire. »

Duch au Tribunal spécial : « Le docteur Roat Kutt, il n'a commis aucune faute, on l'a arrêté et emmené au bureau S21… Tip Mâm, professeur agrégé, quelle faute a-t-il commise ? On l'a arrêté et emmené à S21… La femme de Thach Chea… Quelle faute a-t-elle commise ? Rien. On les arrêtait, on visait ces gens… » Duch précise, évoquant son prédécesseur Nat, qui a commandé la division militaire 703 : « Ça c'était au début, quand Nat était directeur. » À son tour Nat fut arrêté et éliminé à S21.

Peut-être l'histoire du centre S21 emporte-t-elle toute raison. Je me souviens de cet homme de qualité, qui a travaillé et écrit sur l'idéologie khmère rouge. Pendant le tournage, il me lance : « À mon avis, Vann Nath n'a jamais peint ici. » Je le questionne pour comprendre, il m'explique que c'est impossible, Vann Nath n'aurait pas survécu, rien ne lui semble cohérent. Je lui rappelle sa connaissance des lieux, la précision de son récit, la puissance évidente de ses tableaux, mais aussi la torture, la privation, l'humiliation. Et la perte de ses trois enfants. Il persiste.

Quelques jours plus tard, je le filme face à Vann Nath, et tous deux échangent devant ma caméra. Avec une douceur infinie, mon ami peintre le convainc. Puis il conclut : « J'ai l'impression que vous regrettez que je sois vivant. »

Plus tard, par écrit, l'homme s'excuse, sans pouvoir expliquer.

C'est un axiome révolutionnaire : l'histoire est une forme, et une forme cyclique. Quel mensonge après tout ne saurait revenir transmuté, clarifié, enfin compris par les victimes et les bourreaux, s'ils se distinguent ? Un récit digne de son propre passé. Après la mort, il reste la faculté du mensonge. Et qui sait, dans notre oubli futur, dans notre faiblesse, finirons-nous par comprendre ce mensonge, par nous y accoutumer, mieux, par l'aimer entièrement ?

Vann Nath voulait témoigner. Pas tant de ce qu'il avait vu, traversé au camp, mais de sa position morale – représenter le mal non comme un flux ou comme une hypothèse, mais pour ce qu'il est : un être blessé qui nous regarde. J'ai travaillé avec des figurines de terre pour approcher la même vérité.

Je l'ai senti chez les avocats, les juges, les analystes, les commentateurs, ils ont été saisis par la lumière fossile du camp, des dizaines d'années après. Car il y a un passage, une voie entre la terreur et le narcissisme. Même un tribunal spécial, même la visite d'un camp, même un récit de conversation avec le tueur dans la jungle peut être traversé par cette illusion noire : j'y étais. J'y ai pris ma part. Oui. Mais tu es vivant, tu n'as survécu à rien. Et tu as peut-être aussi rencontré l'histoire, passée, future, ou, c'est choquant à écrire, ton attente, ton désir.

La première qui a nommé Hout Bophana, c'est la journaliste américaine Elizabeth Becker. Elle a rencontré la jeune femme avant la révolution khmère rouge, et la première, elle l'a écoutée. Aujourd'hui, Bophana incarne l'amour et la résistance au cœur de la machine de mort. Son prénom, son regard sur la célèbre photo, son écriture dans les dossiers du camp, son destin pèsent plus que l'être-bourreau. Pour moi, Bophana est une âme. Elle nous appelle et nous inspire. Elle nous observe et bien sûr nous accompagne en ce lieu.

Je me souviens du jour où j'ai fait venir l'oncle de Bophana à S21. Il était très ému. Il est entré dans la grande pièce où étaient alors exposées des centaines de photographies des suppliciés. Tout de suite il a marché vers un portrait, s'est approché lentement, et c'était elle en effet, avec ce chiffre accroché autour du cou : 3.

La famille de Bophana est venue à son tour, m'a-t-on dit. Ils ont appris que Duch l'avait gardée ici des semaines pour l'observer, la torturer. Bopha, la fleur. Il connaissait son père, Hout Chheng, mais mentait à ce sujet, et dans ses commentaires écrits, il l'appelait « la traînée ». « La putain ». Pensait-il à son grand amour de jeunesse, sa « fleur de frangipanier », à qui il avait renoncé pour un mariage révolutionnaire ? Bophana était une résistante pacifique et déterminée. Elle connaissait l'anglais et la littérature, elle résistait par les mots, avec sa calligraphie travaillée et son ironie triste.

Bophana ne change pas le destin révolutionnaire mais elle le traverse, et le traversant, elle le transforme. Aujourd'hui son beau regard nous suit et nous défie.

Maintenant je pense à Marceline, qui avait survécu à Auschwitz, et qui avait accepté que je filme son matricule : 78750. Elle est partie trop tôt, et je la vois encore dans son petit appartement de la rue des Saints-Pères. Vive, flamboyante, talentueuse, je la sens à mes côtés.

À S21, je l'ai dit, les corps de ceux qui sont morts en cellule ou sous la torture sont photographiés. La machine de mort est un paradigme administratif : il faut établir la destruction. Ainsi le Centre demande à voir la preuve que Vorn Vet a bien été éliminé. Vorn Vet : le secrétaire de la zone spéciale, où se trouvait le camp originel M13 ; et le mentor de Duch, qui l'appelait Lok Krou, « maître », devenu ministre de l'Économie. Quand il fallut l'éliminer, Duch l'invita chez lui à S21.

Ces images, nous ne les avons pas. Emportées, cachées, brûlées, on ne sait pas. La même équipe photographie ceux qui entrent au camp, et les suppliciés après leur exécution. Un laboratoire a été installé sur place pour développer ces images. Bains chimiques, fixateurs, séchage, agrandisseur, il y a un cycle de l'image de mort.

J'ai refait l'expérience : obtenir un négatif original, en format 6 × 6 centimètres. Le tenir avec une prudence absolue. Le développer comme à l'époque. Je connais bien ces clichés : les visages éclairés au flash (deux au plafond), le matricule collé sur la peau. La mise au point est faite sur les yeux : ce sont des photos d'identification. Ce regard, ce nom, cette date d'entrée, c'est le début de l'histoire. Et c'est le début du mensonge, qui s'écrira sous la torture et s'accomplira dans la fosse. Parfois les gens sont torse nu. Parfois ils sont attachés par deux, mais un seul est dans le cadre. L'image a été coupée.

Soudain sur le grand papier blanc, le visage apparaît, de plus en plus net. Dans le bain du révélateur, le jeune homme triste nous observe. Est-il un nom sur une liste ? Un homonyme ? Un paysan attrapé dans la rizière ? A-t-il dix-sept ans ou bien vingt-cinq ? Bientôt la photographie sèche sur la corde à linge, je la frôle, sa joue, son bras, la date, l'eau goutte encore. Bientôt je tiens l'image dans le creux de la main et je sens la tristesse. D'avoir utilisé ce matériel khmer rouge ? D'être traversé par l'expérience à mon tour ? Je pose ce visage et je sens la main de Vann Nath, qui nous réconforte. Toute âme se repose. Adieu jeune vivant, pas même ressuscité.

Je pense enfin à cette famille dont l'histoire me touche. Le père s'appelle Tak Seng Ei, il a été identifié. Dans les années 1960, avec sa femme, ces jeunes ouvriers font des études et deviennent cheminots, en réussissant des concours de l'État. Ils sont au service du bien commun. Puis la révolution khmère rouge balaye tout. Dans ce grand élan, la famille vient à Phnom Penh, ils sont formés encore et conduisent des trains pour le régime. Et un jour, sans cause claire, ils sont arrêtés et conduits à S21. Tous : mari, femme, et leurs dix enfants (six filles et quatre garçons, de quatre à vingt-huit ans). Elle et les enfants sont exécutés tout de suite, le 20 décembre 1976. Duch précise : « Les enfants, on les emmène dehors. » Lui est torturé, il confesse ses crimes et est exécuté à son tour.

Ceux qui croient à la révolution tuent ici. Et ceux qui croient à la révolution meurent ici. C'est un axiome : possiblement imparfait ; impossible à démontrer.

Dans la nuit, un homme est appelé par un garde. Le protocole est précis : on le menotte, puis on le détache de la barre au sol, épuisé, ensanglanté, il se relève. Camarade, tu vas rentrer chez toi. Oui, on te laisse partir. C'est fini maintenant. Tu seras libre. Tu entends ? Le moteur tourne déjà. L'homme descend, escorté, bientôt rejoint par d'autres, tous menottés et les yeux bandés. Ils montent dans un camion, qui roule quelques kilomètres : voici le champ de la mort, Choeung Ek. Je reprends le Cahier noir de 1976 : « Avouer au parti lui permet de rester en vie, il ne faut pas qu'il meure à la place de son chef, il faut qu'il pense à sa femme et à ses enfants. » Puis : « En résumé, on doit faire en sorte de rester flous concernant la question de vie ou de mort, et qu'ils gardent l'espoir qu'ils pourront vivre. » Ces derniers mots, « qu'ils gardent l'espoir qu'ils pourront vivre », sont soulignés par le jeune garde qui a pris ces notes.

Chacun avance seul, dans le bruit du groupe électrogène, est frappé puis égorgé, son corps tombe dans la fosse. Je m'arrête sur ces mots : « Camarade, tu vas rentrer chez toi. » C'est le mensonge qui tient la révolution, pas la vérité. Il faut « garder espoir ». Et l'organisation prime : avec ce stratagème, nulle révolte. Nul cri, nul désordre. Il faut mentir à chacun pour que la révolution s'accomplisse. Et prendre ses pinceaux ?

« Les plongeurs de la pensée sont revenus à la surface les yeux injectés de sang depuis le commencement du monde » : Herman Melville, cité par Gilles Deleuze.

Le camp nous menace et nous attire. Je l'ai écrit : c'est une lumière fossile. Comme si la mort ne cessait pas. Comme si la connaissance ne nous protégeait pas. Comme si le silence était impossible. Combien de livres, de films, d'écrits, d'entretiens donnés par les avocats, les psychologues, les juges, qui tous commentent, s'expliquent, racontent. Interprètent.

Peut-être d'avoir connu enfant ce qu'est le monde aux « yeux injectés de sang » m'a-t-il protégé. Je ne veux pas plonger dans la pensée, mais dans l'être. Je cherche l'invisible, qui a pourtant un corps dans l'histoire. Ce qui a pour nom simplicité, douceur, échange, dans un cinéma à Paris ou lors d'une projection sur un drap, dans la forêt khmère. Je cherche la noblesse, depuis la main d'un enfant jusqu'au regard de Bophana, le dernier jour au camp. Pour cet invisible, il ne peut y avoir de commencement ni de fin.

Malgré leur histoire, malgré leurs mensonges, malgré eux, les bourreaux croient aussi aux hiboux. Ils viennent une longue nuit, ils observent, ils repartent. Beaucoup rêvent d'un cahier blanc où tout reprendre. Ce sont eux qui lisent dans nos vies.

Je ne peux pas rester longtemps dans ces pages. Les âmes sont là et tout se mêle sans douceur. Je rêve de nouveau. Je vois ma mère assise, qui semble si pauvre. Mon père est au volant de sa voiture. Je vois l'enfant que j'étais, cherchant des mangues en vain, la gorge serrée. Puis une femme en noir, presque sans visage, qui s'agenouille devant un enfant. Est-ce mon neveu qui va mourir de faim ?

C'est le rendez-vous qui est difficile. Comment, tu retournes à S21 ? Encore ? Tu es sûr ? Oui, j'y retourne, sans facilité et sans fascination. Je n'oublie rien mais je clarifie. Qui fut bourreau et qui fut victime. Où est le peuple, s'il fut jamais ici.

Puis je retrouve la ville, bien vite, de l'autre côté des rouleaux de barbelés. J'ai tendu la main et traversé le temps. Rien d'irréel, pourtant. Rien d'un discours, mais la pure vérité dialectique de ce matin. La cour de récréation a laissé place au camp, puis au musée, et me voici de l'autre côté. Un enfant s'approche et tire une petite carriole, il me sourit et je lui achète un fruit de la passion. Peut-être ce jaune acidulé lutte-t-il aussi contre l'histoire, et ne me dites pas que c'est une nature morte.

« Oui, j'y voyais clair soudain : la plupart des gens s'adonnent au mirage d'une double croyance : ils croient à la *pérennité de la mémoire* (des hommes, des choses, des actes, des nations) et à la *possibilité de réparer* (des actes, des erreurs, des péchés, des torts). L'une est aussi fausse que l'autre. La vérité se situe juste à l'opposé : tout sera oublié et rien ne sera réparé. Le rôle de la réparation (et par la vengeance et par le pardon) sera tenu par l'oubli. Personne ne réparera les torts commis, mais tous les torts seront oubliés. » *La Plaisanterie* : j'aime l'ironie de Kundera, comme un combat dans et contre l'histoire. Mais il ne voit pas si clair : la parole travaille, les lieux bruissent, les visages nous appellent, tout comme les confessions écrites par Bophana à l'encre bleue. Les enfants cherchent les secrets enterrés par leurs parents. Parfois enterrés avec eux.

J'avais rendez-vous au cœur du quartier des fantômes, une fois encore, mais c'est assez. Peut-être y a-t-il des lieux qu'on ne peut épuiser. Peut-être y a-t-il des lieux qui vous prennent votre force et vous laissent pantelant. Peut-être y a-t-il ce lieu, où un rêve d'éducation se perd dans la destruction. Il faut traverser ensemble, me dit Christophe en souriant, et il faut traverser le langage : ce n'est pas faire les poètes, c'est combattre.

Tant d'heures et de nuits ici, aussi avec les bourreaux dont nous oublierons les prénoms : connaître l'histoire de ce camp, son plan d'autrefois, détailler l'organisation de torture et de mise à mort ne suffit pas. Entrer dans S21, c'est entrer dans un espace physique et mental. C'est entrer dans une réalité de mort avec son histoire et ses peurs. Pas de fausse présence, virtuelle ou spectaculaire, comme c'est tentant aujourd'hui. Peut-être y entrer aussi avec sa violence, qu'elle comprenne ce qu'il advient des fantômes.

Je pense au tableau que Vann Nath n'a pas achevé. Le 7 janvier 1979 au matin, Duch ordonne que les sculpteurs, peintres, mécaniciens et un dentiste soient rassemblés dans l'atelier. Les Vietnamiens approchent si vite que les Khmers rouges s'enfuient, après avoir égorgé les derniers suppliciés, mais sans avoir eu le temps de brûler les archives du camp. Mon ami se cache, et sa toile représentant une rizière reste dans l'atelier, au camp, avec de grands à-plats blancs. Comme un retable médiéval.

Dans les images de l'armée vietnamienne que j'ai évoquées, on la voit, posée sur le sol : entre deux bustes de Pol Pot. Une échappée dans l'idéologie. Un écart ? Le tableau a été conservé à S21 dans un coin poussiéreux, comme tout objet, vêtement, signe, trace historique.

Quand j'ai voulu le revoir, avec Vann Nath malade, il était introuvable. Les archivistes l'ont cherché en vain. Adieu au paysage bleu, vert et surtout blanc. À la fin, on nous a dit qu'il avait probablement été jeté. Une main dans le temps a porté cette toile inachevée vers la benne. Alors il reste ce petit film en noir et blanc, comme preuve de son existence, et il reste ces mots, pour que la lumière du tableau inachevé se précipite en nous. Peut-être est-ce le plus beau destin possible.

Les jours d'épuisement, je ne scrute plus les films de propagande, qui nous apprennent tant sur aujourd'hui, notre rapport à la violence, au mensonge. Notre passion pour le slogan, drôle, efficace, faux. Notre désir qu'il y ait toujours, en masse, « un pôle ennemi ». Cet océan d'images nous appelle et nous blesse. Il nous transforme, aussi : ce doit être une forme de civilisation, mais je ne connais pas son nom. Un oubli dans l'oubli, et un oubli de l'histoire, où toute hypothèse politique semble possible, désirable. Quand on a enterré les siens à mains nues, c'est impensable.

Alors je reprends des films des années 1960. Le marché de Phnom Penh déborde de fruits, de légumes, les enfants courent et jouent. Partout des paysans, des femmes, des acheteurs, qui se pressent, négocient, flânent ou échangent. C'est un flux de matière : osier, bambou, tissus, coton tressé, mais aussi des lianes, des kakis, des fruits de la passion jaune clair, des poules, des poissons du delta, un peu inquiétants, du liseron, et les œufs, le riz, le thé. Des anguilles tournoient dans leur bassine. Des chiens attendent. Et c'est un flot de couleurs, pantalons rouges, fichus bleus, rubans, vestes, jupes. Bien sûr ce n'est pas un paradis égalitaire, et ce n'est pas toute l'ancienne société. Mais voyez ce monde qui bruisse, crie, chante, joue, aime, travaille et parle librement.

Et il y a ces images tournées en Super 8 par un jeune professeur de français au Cambodge, qui se rend au mariage d'un ami. Sans mise en scène, sans montage. Une entrée dans le réel : « ça tourne ! », oui, ça tourne – sans rêve ni invention. Sans commentaire ni musique. Des paysans cassent la terre avec un rouleau. Ils portent des chapeaux de feutre ou de paille. On fume. Les kramas sont noués sur la tête.

Parfois, des lapins passent sous nos yeux. Ici, pas de propagande, pas de fausse foule en liesse, pas de gestes saccadés. Pas de dirigeant, directeur ou frère caché qui ordonne, menace – et organise l'image. Un enfant joue avec un bœuf, puis un autre, et je pense à mes années sous les Khmers rouges. Ils sont pieds nus à l'image, parfois en tongs : pas de chaussures en pneus, pas d'êtres-pneus, pas d'enfants-révolution.

Plus tard, les paysans se rassemblent pour le mariage : certains ont des sacs ou des valises, traînées sur un sol sec. Tout le monde s'est fait élégant pour chercher les deux mariés en musique. Ici, les offrandes sont déposées sur une table ; là, c'est le repas de fête qui se prépare. Nulle collectivité forcée, mais le désir d'être ensemble. Ce n'est pas le cinéma-vérité, c'est une vérité juste. Le riz sort en croûte dorée du four en terre, il est réparti dans de grands paniers, avec des bananes, puis en petits bols pour la fête. Je regarde ce jour de fête, habité par une fraternité imparfaite mais joyeuse.

Maintenant le marié, qui rit avec ses amis et semble raide, un peu inquiet. Il vérifie sa cravate. Et voici la mariée, un peu floue, dans cet éclairage naturel comme fixé par sa longue natte noire. Enfin, les bonzes : le grand instant approche – dont reste ces moments de vie, sans fonction, loin de la capitale vidée de ses deux millions de vivants.

« Les grandes mises en scène politiques, les propagandes d'État devenues tableaux vivants, les premières manutentions humaines de masse, tout ce théâtre a abouti, dans le réel, à un désastre. Derrière ce théâtre guerrier, comme son revers caché et sa vérité honteuse, il y avait une autre scène qui n'a cessé de hanter les imaginations : celle des camps », écrit Serge Daney en conclusion de *La Rampe*.

J'ai beaucoup parlé avec Vann Nath, et nous avons eu aussi de grands silences, ici au quartier des fantômes, sur la route, la nuit en fumant, sous l'arbre aux hiboux énigmatiques, et je n'oublie pas son grand visage triste. La douleur et la mort avaient fixé quelque matière irides-cente à ses yeux, croyez-moi, il était là avec ses mains, son sourire lointain, souvent un crayon ou un pinceau, et il était resté ailleurs, dans la nuit de nos morts. Il y a eu aussi des rires, des repas sur les grandes avenues vives de Phnom Penh, des chansons fredonnées ensemble : une douceur, une placidité intraitable. J'aimais ses mots. Et je voudrais qu'on n'oublie jamais cet homme tendre et simple, qui aimait s'asseoir à l'ombre d'un arbre, contempler sa rizière, observer une fleur, ramasser des coquillages, goûter une mangue verte.

Cette amitié n'a jamais cessé, et la mort n'y peut rien.

Parfois la langue des fantômes me semble plus douce, plus juste que celle des vivants.

Avec lui reste en moi, en nous j'espère, Bophana, morte, selon les registres, le 18 mars 1977. Elle avait vingt-cinq ans. Elle était entrée à S21 pour avoir écrit des lettres d'amour à son mari, Ly Sitha, un cadre khmer rouge – lui aussi envoyé à S21. Ils citaient Shakespeare : « When shall we three meet again ? In thunder, lightning, or in rain ? » mais aussi *Paul et Virginie* (publié en 1788).

Bophana aura connu le plus long séjour dans ce camp, près de six mois de torture, et son dossier de souffrance est le plus épais de tous. Son regard, sa beauté souriante et tenace, son combat pour la liberté, l'amour, sa passion pour les langues, ne doivent pas être oubliés. C'est un de mes combats : j'aurais voulu que Duch rentre dans son village après sa condamnation, et meure dans l'oubli. Qu'on oublie ses phrases, son vernis révolutionnaire : il ne fut pas Robespierre ou Saint-Just devisant dans la jungle, mais un tortionnaire obsessionnel. Et un salaud. Je l'ai écrit : j'aurais aimé qu'on laisse le centre S21 tomber peu à peu en poussière, mangé comme nos temples par la végétation, dans un épuisement bénéfique. Dernière forme de l'école devenue centre de mort : non pas un musée, mais une ruine. Non pas l'identique, mais l'épuisement. Non pas le fer ou le bois, mais la rouille et la nuit.

En même temps, j'archive. D'anciennes pellicules de film, dans leurs boîtes cabossées. Souvent impossibles à projeter. Des photographies sans nom, sans date. Des enveloppes. Les chansons que fredonnaient mes parents, elles aussi cisaillées par l'histoire. Des récits jamais publiés, des cloches de temples enterrées, de petites sculptures des champs, un bloc de bois noir des hauts plateaux, toute une vie de signes et d'appels.

Je garde près de moi des figurines de terre peinte. Il y a mon père et ma mère, mes sœurs, les enfants, les morts et les vivants, un paysan, des gardes, un monde en action, souvent blessé, inquiet. Figé sur la ligne du temps. Et il y a un homme à chemise à fleurs, qui espère et raconte, tristement. Je les ai souvent filmées, depuis *L'Image manquante*. Aujourd'hui elles font comme une forêt éparse que j'aime frôler. Un petit peuple. Ce ne sont pas des statues glorieuses. Ce ne sont pas des idoles ou des visages hégémoniques. Elles sont fragiles. Jamais cuites ou vernies, elles s'effritent autour de leur tige de fer. Elles aussi tomberont en poussière. Ce n'est pas organiser la destruction, c'est comprendre la fragilité. Je les vois comme des âmes, silencieuses et protectrices. Ainsi que l'écrit Proust, « délivrées par nous, elles ont vaincu la mort et reviennent vivre avec nous ».

Je voudrais enfin que les noms de Bophana et de Vann Nath estompent partout les mauvais frères de la révolution, dont je n'écris plus le nom. Qu'ils errent sans paix jusqu'à nos prochaines vies, puisqu'il paraît qu'elles nous attendent par-delà le quartier des fantômes.

SOURCES

Archives du centre S21
Anne-Laure Porée
Gilles Deleuze
James Joyce
Andrea Marcolongo
Patrick Boucheron
Martin Heidegger
Jean-Luc Marion
Roland Barthes
Hippolyte Taine
Tal Bruttmann
Alain Badiou
Jean Daniel
Herman Melville
Milan Kundera
Victor Hugo

Serge Daney
William Shakespeare
Jean-Luc Godard
Bernardin de Saint-Pierre
Antonio Gramsci
Marcel Proust
Michelle Perrot
Günther Anders
André Malraux

Les auteurs tiennent à remercier le ministère de la Culture et des Beaux-Arts du Cambodge, le musée de Tuol Sleng-S21,

et Vanessa Suong.

Cet ouvrage a été achevé d'imprimer sur Roto-Page
par l'Imprimerie Floch à Mayenne en décembre 2025
pour le compte des éditions Grasset
61, rue des Saints-Pères, 75006 Paris
info@grasset.fr

Mise en pages
PCA 44400 Rezé

PAPIER CERTIFIÉ

Grasset s'engage pour
l'environnement en réduisant
l'empreinte carbone de ses livres.
Celle de cet exemplaire est de :
150 g éq. CO_2
Rendez-vous sur
www.grasset-durable.fr

N° d'édition : 23795 – N° d'impression : 107837
Dépôt légal : janvier 2026
Imprimé en France